EDIÇÕES BESTBOLSO

Amor de salvação

Considerado um dos escritores mais importantes do romantismo português, Camilo Castelo Branco (1825-1890) teve uma vida atribulada. Viveu intensamente suas paixões, passou por muitas dificuldades econômicas e infortúnios familiares, acumulando experiências tão ao gosto romântico que acabaram por transformá-lo em um personagem semelhante aos de suas narrativas. Camilo também se dedicou ao teatro, à crítica literária e à tradução. Foi o primeiro escritor português a viver exclusivamente da literatura. Ao dominar uma linguagem que reflete as características mais puras da língua portuguesa, Camilo Castelo Branco não só se destacou entre a segunda geração de autores românticos, como se transformou em um dos mais populares escritores portugueses de todos os tempos.

CAMILO CASTELO BRANCO

AMOR DE SALVAÇÃO

Apresentação de
SOFIA DE SOUSA SILVA

1ª edição

EDIÇÕES
BestBolso

RIO DE JANEIRO – 2012

CIP-BRASIL. CATALOGAÇÃO-NA-FONTE
SINDICATO NACIONAL DOS EDITORES DE LIVROS, RJ

Castelo Branco, Camilo, 1825-1890
C345a Amor de salvação / Camilo Castelo Branco; apresentação de
1ª ed. Sofia de Sousa Silva. – 1ª edição – Rio de Janeiro: BestBolso, 2012.
12 × 18 cm

ISBN 978-85-7799-193-8

1. Romance português. I. Título.

CDD: 869.3
12-0674 CDU: 821.134.3-3

Amor de salvação, de autoria de Camilo Castelo Branco.
Título número 299 das Edições BestBolso.
Primeira edição impressa em março de 2012.
Texto revisado conforme o Acordo Ortográfico da Língua Portuguesa.

www.edicoesbestbolso.com.br

Design de capa: Marianne Lépine sobre imagem Fotolia.

Rua Argentina 171 – 20921-380 – Rio de Janeiro, RJ – Tel.: 2585-2000.

Impresso no Brasil

ISBN 978-85-7799-193-8

A heavy price must all pay who thus err,
In some shape; let none think to fly the danger,
*For soon or late Love is his own avenger.**

BYRON, *D. Juan, cap. IV, est. 73.*

L'amour n'a point de moyen terme: ou il
*Perd, ou il sauve.***

V. HUGO, *Les misérables.*

*Um preço alto paga o que assim errra,/De alguma forma; que ninguém pense em fugir ao perigo,/Pois cedo ou tarde o Amor se faz seu próprio vingador.

**O amor não tem meio-termo: ou salva ou arruína.

A

JOSÉ GOMES MONTEIRO*

Meu amigo,

Peço licença para inscrever o seu nome na primeira página deste livro. Esta fica sendo para mim a mais prestante da obra. As outras são futilidades; porque lágrimas e alegrias de romance é tudo fútil.

No Minho, em 1864.

Camilo Castelo Branco

---

*José Gomes Monteiro (1807-1879): erudito e bibliófilo, foi gerente e, mais tarde, proprietário da casa editora Viúva Moré, do Porto, que publicou mais de vinte títulos de Camilo, entre eles, *Amor de salvação*.

Apresentação à edição de bolso

Sofia de Sousa Silva*

Um dos expoentes do romantismo em Portugal, Camilo Castelo Branco (1825-1890) escreve num período de intensa mudança na sociedade portuguesa – que, ao longo do século XIX, assiste à transferência da corte para o Brasil, às lutas liberais, à passagem, enfim, do Antigo Regime ao Liberalismo. Já célebre por suas novelas de amor e paixão (*Amor de perdição* é publicado em 1862 com grande sucesso), Camilo publica em 1864 *Amor de salvação*. Embora descrente da possibilidade de a obra literária regenerar "as velhas virtudes portuguesas", afirma aqui: "teimo em ir neste rumo".

Nos primeiros capítulos de *Amor de salvação*, vemos o narrador, mais uma vez identificado ao autor Camilo Castelo Branco, num jogo de projeção autobiográfica, encontrar um velho conhecido seu, Afonso de Teive. O homem que vê em 1863 em muito difere do que conhecera em 1851. O jovem atormentado pelo amor da formosa Palmira dá lugar ao homem casado – com uma mulher "simples, modesta", que o narrador logo qualifica de "imprópria de novela" –, pai de oito filhos, e que diz ter encontrado a felicidade (do que o narrador duvida). O encontro dos velhos companheiros será então a ocasião para que Afonso relembre a sua história e anuncie o conteúdo deste livro: "Falarei do homem que conheceste em 1851, para

*Professora de Literatura Portuguesa da Universidade Federal de São Paulo (Unifesp).

explicar o homem de 1863. Hás-de ver que lamaçais atravessei, que ressacas afrontei, como eu me bati de peito com as puas de ferro da desgraça, para chegar ao abrigo onde me encontraste. Não pasmarás então da minha velhice precoce; ser-te-á assombro a minha vida. [...]"

Assim, acompanharemos os avanços, recuos, hesitações, sofrimentos e alegrias da educação amorosa de Afonso de Teive ora por seu discurso direto, ora pela voz do narrador, que relatará os fatos a partir do ponto de vista de Afonso, assumindo às vezes uma posição de onisciência.

O amor de Afonso por Teodora (que viremos a saber que se chamava Teodora Palmira) data da infância. As mães dos dois eram amigas e há muito projetavam a união dos filhos. Mas, vindo Teodora a ficar órfã, um tio – que, interessado na fortuna da menina, logo se proclama tutor – manda-a para um convento. Lá, ela receberá uma espécie de educação às avessas. No convento, diz o narrador, que não se furta a comentários de natureza lírica, a menina cresce e se "deforma", a sua "essência do Céu" perde-se, resta apenas a Teodora "a formosura e a desgraça da mulher".

O desejo de liberdade, tão marcante nessa "mulher fatal", e a possibilidade de sair mais cedo do convento farão com que Teodora, apesar de seu amor por Afonso, decida casar-se com um primo (de quem se faz, aliás, um hilariante retrato). A partir de então, Teodora assombrará de diversas maneiras Afonso, o qual por vezes luta para esquecê-la, outras luta para resistir-lhe.

São curiosos os elementos que caracterizam essa mulher tão perigosa a olhos oitocentistas portugueses. Há sempre em questão uma forma de deslocamento, de acesso a outro lugar, seja físico, seja de conhecimento: Teodora aprende a montar e passa a andar a cavalo; compra livros, fecha-se no escritório e estuda; arranja um lacaio e anda pelas estradas do Minho "em correrias de doida". É alguém que não se enquadra na posição de anjo do lar prevista pelo código moral da época.

Um dado é fundamental: Teodora é rica. É o dinheiro que lhe permite romper com padrões de seu meio. E será o dinheiro novamente, além dos laços de família, o que manterá Afonso ligado a sua prima Mafalda e a seu tio Fernão, pai desta.

Mafalda é, didaticamente, o oposto de Teodora. Se desta se diz com frequência que é um demônio, Mafalda será sempre retratada como um anjo. Mas é um anjo que também sabe se fazer presente e ocupar o seu lugar, como não parece perceber o pobre Afonso. De fato, ele terá de se haver com essas duas mulheres tão pouco passivas, num século que quase nenhum espaço lhes dava.

Teodora e Mafalda encarnam ainda um outro contraste: tradição e modernidade, campo e cidade. Mafalda é a metonímia do Portugal velho, com seus valores ligados à religião, à família. Teodora é a que se desloca, a que escreve e tem estilo, a que compra móveis modernos para a casa, a que troca de amantes. Representa o presente e o futuro incertos de Portugal.

Num percurso inverso ao do Calisto Elói de *A queda dum anjo*, obra que Camilo Castelo Branco virá a publicar em 1866, Afonso sairá do campo para a cidade, onde viverá a sua via-crúcis. A sua salvação, segundo seu próprio ponto de vista, virá do retorno ao Portugal rural, à vida "simples, modesta". Estará o narrador-autor inteiramente de acordo? Cabe ao leitor decidir.

Observação

O leitor folheia duzentas páginas deste livro*, e o amor de felicidade e bom exemplo não se lhe depara, ou vagamente lhe preluz. Três partes do romance narram desventuras do amor de desgraça e mau exemplo. A crítica, superintendente em matéria de títulos de obras, querendo abater-se a esquadrinhar a legitimidade do título desta, pode embicar, e ponderar – que o amor puro, o amor de salvação, vem tarde para desvanecer as impressões do amor impuro, do amor infesto.

Respondo humilimamente:

Amor de salvação, em muitos casos obscuros, é o amor que excrucia e desonra. Então é que o senso íntimo mostra ao coração a sua ignomínia e miséria. A consciência regenera-se, e o coração, reabilitado, avigora-se para o amor impoluto e honroso. Assim é que as enseadas serenas estão para além das vagas montuosas, que lá cospem o náufrago aferrado à sua tábua. Sem o impulso da tormenta, o náufrago pereceria no mar alto. Foi a tempestade que o salvou.

Além de que a felicidade, como história, escreve-se em poucas páginas: é idílio de curto fôlego; no sentir intraduzível da consciência é que ela encerra epopeias infinitas; – enquanto que a desgraça não demarca balizas à experiência nem à imaginação.

Para o amor maldito, duzentas páginas; para o amor de salvação as poucas restantes do livro. Volume que descrevesse um amor de bem-aventuranças terrenas seria uma fábula.

O Autor

*Referência ao número de páginas da 1ª edição desta obra.

1

Estava claro o céu, tépido o ar, e as bouças e montes floridos. O mês era de dezembro, de 1863, em véspera de Natal.

A gente das cidades pergunta-me em que país do mundo florescem, em dezembro, bouças e montados.

Respondo que é em Portugal, no perpétuo jardim do mundo, no Minho, onde os inventores de deuses teriam ideado as suas teogonias, se não existisse a Grécia. No Minho, ao menos, se buscariam águas límpidas para Castálias e Hipocrenes. No Minho, a Citera para a mãe dos amores. Nos arvoredos desta região de sonhos, de poemas, e rumores de conversarem espíritos, é que os sátiros, as dríades, e os silvanos sairiam a cardumes dos troncos e regatos: que tudo aqui parece estar dizendo que a natureza tem segredos defesos ao vulgo, e como a entreabrirem-se à fantasia de poetas.

Mas que flores... quer o leitor saber que flores vestem os calvos e denegridos serros do Minho, em Portugal. São flores a festões, cachos de corolas amarelas viçosas, e aveludadas como as dos arbustos cultivados em jardins: é a florescência dos tojais, plantas repulsivas por seus espinhos, alegres de sua perpétua verdura, únicas a enfeitarem a terra quando a restante natureza vegetal amarelece, definha e morre. E desse privilégio como que o agreste arbusto se está gozando soberbamente; pois que vos mostra as suas pinhas de flores, e com os inflexíveis espinhos vos defende o despojá-lo delas.

E naquele dia 24 de dezembro de 1863 andava eu no Minho, por aquela corda de chás e outeiros, que abrangem quatro léguas entre Santo Tirso, Famalicão e Guimarães.

Eu, homem sem família, sem mão amiga neste mundo, há trinta anos sozinho, sem reminiscências de carícias maternais, benquisto apenas duns cães, que pareciam amar-me com a cláusula de eu os sustentar e agasalhar; eu, que, naquele tão festivo dia da nossa terra, não tinha colmado onde me esperasse um amigo pobre para me dar entre os seus um lugar no escabelo, nem parente abastado, que de mim se lembrasse à hora dos brindes com generosos vinhos em lúcidos cristais, eu vendo-me com lágrimas em minha sombra, assim me fora a contemplar a felicidade alheia pelas chãs e outeiros do devoto Minho.

Eu caminhava a pé, guiando-me ao sabor da imaginativa ideia, que se deleitava em vestir de folhagem a árvore nua, e tristemente inclinada sobre o coimado do casalejo. Parava em frente de cada choupana, e meditava, e escutava o rumor das vozes que lá dentro, ou no ressaio da horta, se misturavam em dizeres alegres ou cantilenas alusivas ao nascimento do Deus-Menino. Diante dos portões gradeados do proprietário rico é que eu não parava nem meditava. Se lá dentro de suas salas iam alegrias, como em casa do jornaleiro, não sei: o certo era que as paredes da habitação opulenta não deixavam sair uma nota para o hino geral de graças e júbilo com que a pobreza saudava o Emancipador dos deserdados, o Senhor dos mundos, nascido e agasalhado nas palhinhas de um presépio.

O sol, desnublado de vapores, como nas tardes serenas de julho, oscilava nas montanhas do poente, e azulejava as grimpas dos pinheirais, de onde eu, a contemplá-lo, me esquecera da distância a que me alongara da casa hospedeira daquela noite. Transmontando o sol, desceu das cumeadas um toldo pardacento a desdobrar-se pelos plainos, a confundir-se no fumo das aldeias, a identificar-se com o escuro dos arvoredos. Fez-se um silêncio progressivo e rápido em redor de mim. Começava a noite sem bafejo de vento. Nem já a rama dos pinhais rumorejava aquele seu saudoso sonido, que se me afigura sempre a inarticulada toada de mui remontadas e remotíssimas vozes de mundos que giram nas profundezas do espaço.

Tirei-me do meu enleio contemplador, e retrocedi pelo mal sabido atalho, antes que a cerração completa me tolhesse de enxergar ao longe o alvejar da casa, entre dois outeiros. Não valeu a precaução. Às abas do declivoso montado, eram muitos os caminhos a cruzarem-se. Segui um à sorte; e, como prova de que a sorte nem em escolha de caminhos deixou de ser-me sempre boa, segui o pior e o mais transviado de todos. Por volta de sete horas, depois de dobrar uns cerros inabitados, achei-me numa póvoa, onde me disseram que eu, por aquele caminho, chegaria mais cedo a Roma que ao local onde me destinava.

A pessoa, que respondeu assim à minha pergunta, falou-me duma janela envidraçada, e acrescentou:

– O senhor, se não sabe o caminho, como de fato não sabe, pelo tino é incapaz de acertar. O que eu posso fazer é mandar alguém ensiná-lo; mas, se não é força ir hoje, pernoite nesta casa, e amanhã irá. Verdade é que, nesta noite, custa muito a ficar em casa estranha; porém...

– Todas as casas são estranhas para mim... – respondi eu.

– Pois então, aceite esta que se lhe oferece da melhor vontade. O portão está aberto. Lá vou abaixo recebê-lo.

Entrei num vasto pátio, contornado de arcadas semelhantes às da claustra monástica. Logo em seguida, o hospitaleiro senhor do magnífico edifício saiu do escuro da arcaria, e disse-me antes de me ver de perto:

– Eu já sei quem recebo em minha casa, e o meu hóspede, se tiver memória dos seus relacionados de há quinze anos, também me vai conhecer.

– Pela voz ainda não – disse eu, encarando-o, sem vislumbres de vaga recordação.

– Ali temos luz – replicou ele. – Muito velho e desfigurado devo estar, se nem à candeia me reconhecer você!...

Examinei-o à luz atentamente; e, como nem assim me acudisse à memória semelhança de tal homem, retorqui:

– O senhor talvez esteja enganado comigo. É provável que nos vejamos agora pela primeira vez.

– Então qual de nós é o romancista? Você, que os anda a procurar, ou eu que estou manso, quieto e estúpido em minha casa? Quererá você ir dizer em alguma novela que encontrou num recanto do Minho um visionário chamado Afonso de Teive...

– Afonso de Teive! – exclamei eu. – Afonso de Teive... o senhor!? Essas barbas... essa nutrição...

– E estes óculos... – atalhou ele.

– É verdade... esses óculos...

– E estes tamancos!...

– Pois, deveras, o senhor é Afonso de Teive... tu és Afonso... aquele que tinha em Lisboa...

– Uma casa no Campo Grande, e uma parelha de hanoverianas, e um faetonte, e uma berlinda, e cavalos árabes, e paixões ideais, e muitas paixões sem faísca de ideia... Sou eu! É este homem gordo, intonso, de óculos, de tamancos, este lavrador que aqui vês, possuidor dum tesouro que os reis do universo disputam há dezenove séculos uns aos outros, e as nações disputam aos reis, e os indivíduos disputam às nações, e cada indivíduo disputa e destrói em si próprio e com as suas próprias mãos: sabes que tesouro eu possuo, homem?

– A paz?

– A felicidade.

– Isso é uma história! – atalhei eu. – Pois tu achaste a felicidade?... e tu és realmente Afonso de Teive?... e estes dois pequenos? – perguntei eu, quando vi dois meninos entre seis e oito anos a correrem em direitura dele – são teus filhos decerto.

– São, e lá em cima não ouves o tropel que fazem os outros seis?

– Pois tens oito filhos?

– Espero o nono brevemente.

– E és...

Retive a palavra. Ia eu perguntar-lhe grosseiramente se ele era feliz com oito filhos; pergunta desculpável ao Afonso, que eu conhecera desde 1845 até 1851.

Eu tinha visto Afonso de Teive, em Coimbra, naquela primeira época, matriculado no curso filosófico. Pertencia ao círculo de literatos, criadores da *Revista Acadêmica* e *O Trovador*; e também, nas horas furtadas às palestras literárias – quase sempre controvérsias acerca da primazia de Lamartine ou Vítor Hugo – pertencia à grande tribo dos trocistas, gente arruadora e desatinada para quem as saudosas tradições do famigerado José Lobo não tinham ainda esquecidos. Esta dualidade em Afonso de Teive era uma distinção, que o tornava menos agradável aos literatos circunspectos, e menos estimável também aos camaradas das assuadas e motins noturnos. Afonso era poeta num gênero galhofeiro, quando queria; e dedilhava o alaúde das elegias, se lhe dava para lastimar-se, ou carpir saudades imaginárias de mulheres, suas amadas, fugidas deste lamacento globo para os plainos balsâmicos do céu. É o que me parecera a mim. Tinha dias de escrever jaculatórias em verso que dariam fama a um eremita da Tebaida; noutros dias, satirizava a religião, os dogmas, e a própria divindade com os apodos e a dialética dum desbragado discípulo de Voltaire. E o mais para assombro é que ele parecia sentir no coração o ascetismo de hoje, e a impiedade de amanhã: agora, iria após o pálio da extrema-unção murmurando as preces do povo, que não se peja de orar em público e alta voz; e logo bem poderia suceder que, encontrando o mesmo préstito, não levasse a mão à fronte para tirar o gorro. A um homem assim dotado de tão contraditórios espíritos, fácil seria agourar-lhe grandíssimos dissabores no trajeto da existência: para os semelhantes daquele funesto modelo, as estradas comuns da humanidade não conduzem a paragem nenhuma certa; nem o coração nem o espírito aceitam leis imutáveis; a moral é um fato, cujas condições deve e pode infringir aquele a quem elas não aproveitam; em suma, Afonso de Teive dava a prever um desgraçado, a menos que em sua índole não sobreviesse uma das raras revoluções que inopinadamente transfiguram o homem moral, se não é o abalo da mesma desgraça que opera esses prodigiosos reviramentos.

Tal conheci em 1845 em Coimbra o meu hospedeiro minhoto de 1863.

Encontrei-o, depois, no Porto em 1848.

Achei-lhe a mudança que influem os salões nos espíritos, para assim dizer, incultos da cortesania e graciosidade de que em geral carecem os mancebos saídos dos cursos escolares.

Afonso de Teive tinha fama de rico. Escutei o que diziam os almotacés dos haveres de cada sujeito admitido à sociedade portuense – pessoas que, à vista do zelo com que indagam os mínimos valores do sujeito, parecem habilitar-se para mordomizarem os bens de quem chega – e ouvi que Afonso era natural do Minho, filho único já órfão de pai, e senhor da sua casa, estimada em cento e cinquenta mil cruzados. Enquanto a costumes, dizia-se que o rapaz era dado ao namoro, borboleteava por diversos camarotes do teatro de São João, assoprava zelos e raivas entre umas tantas senhoras nos bailes, e pouco mais digno de censura. De escândalos, não rosnava coisa importante a opinião pública. A mocidade do Porto, por despeito, ou por outro qualquer sentimento igualmente natural que desculpável é, que, no intento de deprimir o Tenório do Minho, divulgava, como quem diz muito secretamente a coisa, que vários maridos andavam enganados com Afonso de Teive; porém, como acontecia que os maridos indigitados se satirizavam uns aos outros, observando e censurando cada um a demasiada confiança do outro, é hoje coisa dificílima de tirar a limpo se algum dos maridos se enganava, ou se todos se enganavam, ou se não se enganava nenhum. Se o leitor considera que seria curioso esquadrinhar o caso, eu de mim entendo que a humanidade não ganha com isso nada, e portanto neste, e em muitos outros artigos advenientes de moral duvidosa, ponho, e porei ponto, quando não seja preciso à contextura deste romance desvelar fatos censuráveis.

Afonso saiu do Porto naquele mesmo ano de 1848, com destino à França, segundo uns, e à Turquia, segundo outros. Os desta opinião diziam que ele, convencido de que tinha uma cara oriental, ia para terra onde pudesse vestir-se de modo que o rosto lhe saísse melhor do que entre uma gravata de laçarias portentosas e um canudo de felpo lustroso. E certo era que o tipo fisionômico do cavalheiro minhoto era sobremaneira árabe, por causa do nariz, fino, dos olhos coruscantes, da tez azeitonada, do espesso bigode negro, e do comprimento e magreza do rosto. Se juntarmos a este composto de venturosas e aventureiras feições o estar ele sempre fumegando por cachimbo turco, dir-se-á que os turcos é que propriamente, lá na sua terra, o andavam imitando a ele.

Se foi à Turquia, é de presumir que rivalidades com o sultão, ou – pior ainda – tentativas de invasão ao harém o obrigaram a voltar a Portugal, onde os direitos de cada homem e de cada mulher estão muito mais razoavelmente definidos e garantidos. A verdade é que eu, no fim do ano seguinte, encontrei Afonso de Teive em Lisboa, cavalgando um donairoso alazão ao lado de uma amazona, cujo morzelo fazia admiráveis gentilezas de picaria. Deu-se este encontro no Campo Grande, numa tarde de corridas equestres. Alguém cuidaria que a soberba cavaleira, duma formosura invejável na Circássia, devia de ser a esposa raptada de algum grão-vizir; pessoas, porém, melhor informadas, disseram-me que a esbelta dama era portuguesa do Minho, dos arrabaldes de Braga, onde os reais sensualistas do Islão mandariam subornar as suas sultanas, se soubessem que nestas regiões as mulheres, que, por acaso, saem feias das mãos da natureza, aprendem a ser bonitas com as flores. Releve-se este orientalismo a quem está tratando de coisas asiáticas como a cara de Afonso, e o garbo peregrino de Palmira.

Palmira me disseram que se chamava a gentil criatura.

Posto que eu, em Coimbra e no Porto, me houvesse relacionado algum tanto intimamente com Afonso de Teive, ainda assim, azado o ensejo de perguntar-lhe pormenores daquela conquista – *conquista* se diz vulgarmente do que devera mais de siso chamar-se, fartas vezes, *derrota* –, nada indaguei, visto que ele, com insólito resguardo, se absteve de me dar ansa a esgaravatar-lhe coisas particulares da vida – *particulares*, dissemos, para sustentar à palavra a fama que o dicionário faz correr; sendo aliás de toda a evidência que não há aí coisa mais nua, mais pública e assoalhada que tudo quanto se chamam *particularidades da vida privada*, mormente quando o divulgarem-se torna e redunda em filáucia duns tolos célebres, que seriam invejáveis, se as próprias coroas, com que cingem as frontes, lhes não dessem muito que doer com espinhos escondidos – quero dizer em estilo espalmado: se as próprias mulheres, que lhes dão os triunfos, não fossem os instrumentos com que a justiça infinita inflige aos vangloriosos o castigo infernal do seu orgulho.

Foi-me preciso escutar os boatos correntes à conta da mulher que Afonso de Teive me não apresentou. Observei que ninguém a julgava honestamente, e assim mesmo ninguém lhe dava um epíteto indecoroso. A civilização beneficia assim as mulheres que não podem adjetivar-se publicamente virtuosas, nem mesmo quando visitam com a esmola a mansarda do doente desvalido. Nesta especialidade, o jornalismo comporta-se louvavelmente. Quando um localista apregoa o donativo de alguns lençóis que opulenta matrona, por variar prazeres de alma, já cansada dos transitórios gozos de outra espécie, mandou a um asilo de lázaros e diz que a humanidade abençoa a virtuosa senhora, não nos havemos de entalar com este decreto de virtude: a humanidade manda que o engulamos. O localista tem razão: é bom que a palavra *virtude* sirva de piedoso visco à liberalidade de pessoas, que desejam alguma vez, ao lerem-se *virtuosas*, experimentar a satisfação de se verem ir à posteridade na seção do noticiário.

O *noticiário*! Ninguém, que me conste, aprofundou ainda o que esta palavra encerra em si de humanitário! São Paulo, todos os evangelistas, as catequeses derramadas de ângulo a ângulo da Terra, em matéria de caridade, não se avantajaram à missão do noticiário.

Se eu não tivesse de convicção minha que as ações meritórias dos gabos do mundo, quando disparam em proveito geral, não podem desmerecer no juízo divino, havia de cuidar que a mão, aberta em fontes caudais de ouro vertido, como bálsamo, sobre as chagas sociais, bateria às portas da região pavorosa, onde o pecado da soberba, aliado da vaidade, sofre a condenação prescrita nos códigos de todas as religiões. A vaidade levanta o palácio em que se acolhem os desamparados dum teto de palha e duma enxerga de folha. A vaidade doura-lhe os frontais do asilo, atapeta-lhe os pórticos, ventila-lhe por janelas de luxuosa alvenaria os dormitórios, tudo lhe magnifica e opulenta em pedra e estofo: tudo lhe dá em desconto das dores da velhice alanceada de enfermidades; tudo, exceto o pão da alma, a doutrina da paciência, a comunhão santíssima, que refaz o espírito quando o corpo desfalece. Tudo lhe dá, exceto um padre, um intérprete do Cristo, que dê vida de amor ao seio traspassado, e palavra de pai aos lábios roxos daquele crucificado, que lá do fundo do dormitório contempla inertemente o deslaçar-se fibra a fibra daqueles corpos, ali postos como presa disputada, por mais alguns dias, à aniquilação...

– E não é isto o máximo quilate da beneficência?

Que hei de eu responder ao leitor ilustrado, que me interrompe, assim de golpe, um discurso que lhe havia de mortificar o fôlego, pelo menos?!

Peço-lhe que me deixe contar-lhe em cinquenta linhas, pouco mais ou menos, como eu vi, numa terra destes remos, criar-se, e prosperar um asilo de pobres.

D. Elvira era uma dama casada, que não tinha por seu marido aquele amor que dá ao peito de boa esposa arnês de aço contra as flechas de um cupido estranho. O marido, nimiamente confiado em seus direitos, descuidou-se. Aqui está um mal enorme de onde vamos ver brotar uma enchente de benefícios à humanidade. O paradoxo demonstra-se deste teor:

D. Elvira, desconfiada dos seus servos e servas, tomou como medianeira dos seus ilícitos amores uma octogenária, que tinha quatro irmãos velhos, um marido velho, duas cunhadas velhas, e cinco sobrinhos velhos, todos mais ou menos glutões que ela, e alguns muito mais ociosos e patifes. D. Elvira ocorreu por algum tempo às precisões de toda esta tribo de imorais, em obséquio à interventora indispensável. Uma vez, D. Elvira orçou as despesas anuais desta pecaminosa obrigação, e pasmou do seu desperdício. As avultadas esmolas, de mais a mais, eram secretas porque o descobrirem-se daria rasto à suspeita. Na terra havia dois jornais, e nenhum lhe tinha ainda chamado virtuosa, ao passo que a sua presumida rival D. Benedita por mais duma vez tinha sido abençoada pelas gazetas em nome do gênero humano, em virtude de ter mandado aos presos os sobejos dum jantar dado no dia natalício do marido, a quem ela estimava tanto como a mim, quando souber que eu duvidei grandemente da virtude que os jornais lhe deram. D. Elvira, despeitada, um dia que o marido entrara de ouvir o tocante sermão de um missionário acerca de caridade, comoveu-se, e pregou também sobre a mesma virtude teologal. O marido maravilhou-se, enterneceu-se, e ouviu com lágrimas a proposta da fundação dum abrigo de velhos e velhas desamparados, com as economias da esposa. Discutido o programa, escolhido o edifício, orçadas as obras de pedra e madeira, chegou a notícia às gazetas. No dia seguinte, ambos os jornais da terra retiraram os seus artigos de fundo para darem a circunstanciada notícia do caritativo instituto da virtuosíssima senhora D. Elvira. Ambos os periódicos, à compita, lhe deram estes regalados e maviosos nomes: pomba de beneficência; anjo da caridade; sacerdotisa da lei de Jesus; mãe dos pobres; bálsamo dos aflitos; esteio da decrepidez; lâmpada do Evangelho!

Lâmpada não gostou ela que lhe chamassem, porque já a sua rival D. Benedita costumava, não sabemos bem porquê, chamar-lhe lampadário; seria talvez porque D. Elvira usava muito de vidrilhos na cabeça, os quais brilhavam e cintilavam à maneira de lustre. Seria isso, mas D. Elvira aceitou os outros nomes com muita satisfação, e com grande faina, em menos de três semanas, recolheu os doze velhos que estavam no segredo da sua caridade. O asilo tinha capacidade para vinte e quatro. Oito dias depois o número estava preenchido.

E vai depois D. Benedita, ciosa da popularidade que a sua rival vingara, combina-se com o marido, e delineia um outro asilo com capacidade para quarenta e oito velhos. Os jornais que tinham gasto com a outra senhora os adjetivos, substantivos e pronomes, empregaram em honra de D. Benedita as interjeições. O artigo dum começava por *Ah!* o artigo do outro jornal por *Oh!* Fundou-se o asilo de Benedita. Como na terra não havia tanto velho, alguns marmanjolas de trinta anos, inimigos do trabalho, ou encanecidos nas cadeias, apresentaram certidão de idade de sessenta, e esconderam a sua bargantice sob as asas caritativas de D. Benedita, a quem as gazetas chamavam a *santa!*

Aconteceu que passados quatro anos D. Elvira mudasse de residência para outro mundo, onde os necrologistas disseram que ela ia receber a palma do triunfo. A caridade do viúvo esfriou, e veio a um acordo com o marido da *santa*. Transformaram-se num os dois asilos, já abundantes de esmolas de outras senhoras virtuosas, e assim chegou este humaníssimo estabelecimento a um grau de prosperidade que não deixa nada a desejar, segundo asseveram as gazetas da terra.

Agora queira o meu leitor curvar-se um pouquinho, e contemplar a raiz desta árvore evangélica, que braceja tão ridentes frondes e tantos frutos de bênção! Veja que herpes, que podridão, que bicharia lá vai!

E com este episódio respondi à sua pergunta; e peço perdão de ter ultrapassado as cinquenta linhas prometidas.

2

Sinceramente não sei corrigir-me do vício das divagações. Há quem defenda e demonstre que o romance filosófico deve ser assim alinhavado a exemplo de Balzac, Sainte-Beuve, Staël, etc. Na Alemanha então dizem-me que as novelas são tratados de metafísica. Se as minhas derramadas e extraviadas divagações fossem ao menos metafísica! Ser eu, sem dar tino de mim, um escritor sutil, imperceptível, impertinente, medonho, e, acima de tudo, sério! *Escritor sério!* quando se agarra a fama pelas orelhas, e a gente a obriga a dar pregão da nossa seriedade de escritor, a glória vai procurar os nossos livros sérios às estantes dos livreiros, e lá se fica a conversar delícias com as brochuras imóveis, enquanto a traça não dá neles e nela.

O Universo, e a Humanidade principalmente, ganha muito com os romances sérios: excetuam-se da humanidade os editores. Um meu amigo publicou seis volumes de novelas de costumes morais a ponto de toda a gente dizer que não havia tais costumes em Portugal. Recebeu muito abraço dumas pessoas que tinham ouvido contar que o meu amigo aconselhava aos filhos a obediência aos pais, aos próximos o mútuo amor, e à Humanidade o temor de Deus. As seis novelas eram glosas aos dez mandamentos. Esperava-se a regeneração das velhas virtudes portuguesas, logo que o espírito público se balsamificasse da unção dos seis livros. Volvidos porém uns dois anos, as estatísticas iam delatando em aumento a criminalidade pública. Espanto no meu amigo autor, e desanimação melancólica nos editores! Não obstante, a gente grave continuava a dizer que o meu amigo, continuando a escrever por aquele teor e jeito, endireitaria o mundo. Os editores, porém, observando que o mundo se entortava cada vez mais para eles, recomendaram ao escritor moralista que vendesse a eles romances, e a quem quisesse os sermões. Ora, deu-se o caso de que este meu amigo era eu em pessoa.

Apesar dos baixios em que foram a pique os meus livros sérios, teimo em ir neste rumo, discorrendo oportunamente acerca das grandes coisas e dos grandes fatos como se via do anterior capítulo.

Volvendo a concluir as reminiscências que tenho do antigo Afonso de Teive, resta-me juntar que o deixei em Lisboa no ano de 1851, e vim para o Minho onde me disseram quem era Palmira, falando eu em Afonso de Teive a um cavalheiro de Braga.

Em primeiro lugar, Palmira tinha outro nome na sua terra. Fora educada num convento; saíra do convento para casar com o filho do seu tutor, moço idiota e abominável; e saíra de sua casa para a de Afonso de Teive, o qual por um acaso a vira nos arvoredos do Senhor do Monte, de se verem à mesma hora em que ambos, embelezados no rumorejar de árvores e fontes, pediam ao céu, ela o homem, e ele a mulher do seu destino, resultou amarem-se tanto que logo dali protestaram tacitamente imolar aos deuses infernais o marido idiota – destino misérrimo que não discrimina entre idiotas e atilados. Estas informações saíram-me com o tempo inexatas em muitos acidentes.

Não adiantou mais nada o cavalheiro bracarense; e isto já não era pouco para o meu espanto.

Nessa mesma época ocasionou-se-me conhecer o marido de Teodora, melhorada em Palmira. Andava ele na feira de São Brás, em Landim, a tantos de fevereiro, comprando bois e vendendo cevados. Não lhe vi no semblante leve sombra de dissabor, nem osso descarnado. Vi que ele comia à tripa forra um chorumento jantar de carnes frias, em que predominavam as galináceas. À sua direita estava uma mocetona espadaúda, escarlate, alta de peitos, e refratária a toda a ideia de amor fino.

Disseram-me que esta moça apreciara devidamente o coração rejeitado por Teodora, e assava com perfeição as louras galinhas de que o marido abandonado hauria vigor com que resistia briosamente à sua desgraça. Vi tudo isto, e fiquei satisfeito. A gente folga de ver assim remediadas as enfermidades da natureza. Quando em casos análogos não há vítima nem algoz e as personagens se acomodam na livre prática da liberdade dos cultos, bem que o vício não deixa de ser vício, é contudo consolador observarmos que uma certa filosofia é a melhor ortopedia para os aleijões de nascença de que a torta humanidade coxeia há dezenove séculos.

É o que eu sabia e mais nada.

Como Afonso caiu em esquecimento, nunca me deu para perguntar que era feito dele. As minhas desventuras não me davam férias para farejar as alheias. Se alguma vez me passou pela ideia a esposa infiel do feirante de bois e cevados, imaginei-a reconciliada com o marido, e assim duramente castigada pela Providência. Enquanto ao sedutor, apostaria que ele, depois de ter desbaratado a casa, andava por Lisboa obscuramente solicitando um lugar de amanuense de secretaria ou aspirante de alfândega, se é que não tinha ido para o Brasil, com o seu diploma de bacharel em Filosofia, colecionar conchas por conta de algum museu de história natural.

Agora vê o leitor o meu assombro justificado! É inquestionavelmente este homem gordo, de barbas intonsas, óculos, e tamancos, o Afonso de Teive da Palmira de Lisboa.

Ele aqui vai subindo as escadas, que nos levam à primeira sala. Cá estão em redor dele e de mim os oito filhos, que fazem bulha como trinta e dois. Creio que estou no pátio dum mestre-escola à saída da aula. Dois destes ferozes meninos tiram-me da mão o guarda-sol, abrem-no e fecham-no repetidas vezes, arremetendo contra os irmãos, que se defendem espancando a murros as varas da umbela que gemem e entortam. Afonso gosta de ver aquilo, e eu finjo também que não desgosto, nem que receio de ser esfarrapado por aqueles inocentes.

Passamos ao seguinte repartimento da casa: era a sala de visitas, mobilada de alfaias antigas, cadeiras encouradas com chapas reluzentes, grandes bancas de pau-santo, com gavetas atauxiadas de frisos metálicos e de marfim.

– A decoração diz com as minhas barbas! – refletiu o risonho Afonso. – Aqui é tudo português – acrescentou, mandando inutilmente calar a gritaria dos meninos que, a meu ver, legitimavam a raiva infanticida de Herodes. – Até a linguagem é portuguesa de lei: olha que estou falando vernaculamente, meu amigo. Há catorze anos que tu me convidavas urbanamente a não insultar os Lucenas e os Sousas com as minhas francesias. Vem ver a minha livraria; se não queres primeiramente ver minha mulher...

– Tenho muita honra e satisfação em ser apresentado a tua senhora – atalhei eu.

– Joaquim! – disse Afonso ao filho mais velho – vai ver onde está tua mãe; se estiver na cozinha, diz-lhe que temos cá um hóspede, que não exige vestido de seda. Que apareça como estiver.

O menino saiu aos saltos de cegonha, e Afonso ajuntou:

– Minha mulher é um anjo, cujas asas brancas se não mancham na felugem da cozinha. Eu gosto que ela por lá se entretenha, senão bate-me nestes brejeiros que, como vês, são digníssimos de grossa pancadaria; mas eu amo estes diabinhos, que zombam de mim, e aturo-os, porque a dizer-te a verdade já me dói a cabeça quando não ouço esta algazarra. E tu, gostas de rapazes?

– Gosto muito, acho muito galantes os teus meninos; mas, se me dás licença, dir-te-ei que em doenças de enxaqueca, o teu remédio não seria tão eficaz nas minhas como nas tuas.

– Bem sei – atalhou Afonso. – Falta-te cabeça de progenitor, falta-te ouvido de pai que converte em música no coração esses berreiros, que nem no inferno se poderiam receber como orquestra.Não se fez esperar a esposa de Afonso.

Era uma senhora para se não descrever em romances, e para admirar-se entre seus filhos.

É muito difícil e requer engenho grande tirar as semelhanças duma mulher, que se apresenta simples, modesta, e, logo à primeira vista, imprópria de novela.

– Aqui está, e te apresento, minha mulher – disse Afonso; e tomou-lhe dos braços a criança mais nova, que lhe saltara ao pescoço, apenas a vira entrar na sala.

A esposa de Afonso de Teive respondeu acanhadamente ao meu palavroso cumprimento, e tomou nos braços outro filho, que marinhava pelas costas da cadeira, e mostrava a cabeça sobre o alto espaldar de couro.

Como se não ajeitava outra espécie de conversação, falei nos meninos, gabando-lhes a formosura e a esperteza. Afonso, que parecia não querer outra coisa, começou a contar-me anedotas das suas crianças entusiasticamente, algumas medianamente engraçadas, e outras que eu não pude ouvir, à conta da bulha que os pequenos faziam em volta da mãe. No entanto, fiz reparo nela.

A senhora teria trinta e oito anos, e formosura, por força natural, já decadente. Trajava roupas largas, talhadas sem esmero, de droga* ordinária; a beleza das formas corporais denunciava-se apesar do trajo descuidado. Semblante assinalado de tanta doçura e bondade não sei que o haja. Poderia chamar-se tristeza de santa àquele mavioso rosto pálido, quebrantado, e não sei quê de cismador; a expressão, porém, dos olhos brandos, do sorriso quase imperceptível, do colo um pouco inclinado em postura humilde, era nela a alegria exuberante de santa sim, mas santa como esposa, santa como mãe, santidade de coração e alma repartidos entre Deus, esposo e filhos.

Pouquíssimas palavras lhe ouvi na meia hora que se deteve conosco. Conheci-lhe a inquietação cuidadosa no relancear de olhos ao marido.

– Bem sei – disse ele. – Vai, vai, que estás a pensar nas rabanadas e nos mexidos.

*Droga: tecido leve de seda ou de lã.

E ela, sorrindo, disse:

– Ainda me não apresentaste ao teu amigo como uma sofrível intérprete da arte de cozinha.

– Intérprete! – exclamou ele. – Tu és mais! Tu inventaste a ciência da cozinha, que é muito mais sublime que arte. A tua modéstia é que te não deixa vir à luz do mundo, deste mundo cujas aspirações confluem todas para a gastronomia, com um tratado, que, ao mesmo tempo, me desse orgulho de ser teu marido, a quem tu deves esta vida retirada, sem a qual te faltaria espaço e remanso para as tuas especulações, em resultado do que vamos hoje cear as mais ambrosíacas rabanadas que ainda os deuses coaram em suas celestiais gargantas. A aldeia, meu bom amigo – continuou Afonso voltando-se para mim com solene e galhofeira seriedade –, a aldeia dispensa ao espírito investigador um curso completo de ciências. A poesia do estômago, esta mais que todas poesia humanitária, não se dá nas cidades; lá come-se materialmente, aqui dá-se ao espírito a presidência em todas as matérias assimiláveis. Estou com o nosso admirável Castilho nestas memorandas palavras: "longe de mim negar puerilmente às cidades suas vantagens sociais; digo só que para a poesia se não fizeram elas; e que, se nessa frágua algum engenho poético resiste, se aí canta, nunca há de ser tanto, nem tão bom, nem tão inocente, nem tão perfumado como seria sem dúvida nos campos." E a poesia que é? – acudiu Afonso cortando-me o riso com que eu celebrava o desconchavo da citação – o que é a poesia senão aquele estado diáfano e sublimado da alma, que se está engolfando e gozando num invólucro sadio, depurado de ruins vapores, e puro de toda a exalação crassa dum estômago derrancado, azedo, e entumecido? Pois hás de tu saber que um estômago limpo é a fonte de todo o saber; e que a ciência construtora dos seletos alimentos do sangue é a que mais de perto se relaciona e ata com a arte de exprimir cadentemente os afetos da alma. – Logo...

A esposa tinha saído quando esta abstrusa parlenda lá em meio, com ameaças de longo fôlego.

Eu estava ouvindo, como quem sonha, Afonso de Teive. Andavam já a formigar-me suspeitas de que o homem estava o seu tanto ou quanto embrutecido na aldeia; e posto que a defesa do paradoxal consórcio entre estômago e poesia viesse absolvida por um sorriso faceto, nem assim me descapacitei de que o espírito de Afonso havia sofrido profundas comoções que de todo em todo o transfiguraram, ou lhe transfiguraram os objetos do mundo exterior. Eu não podia convencer-me de que a felicidade alterasse daquele modo o gênio e maneiras dum homem, que eu jamais ouvira preconizar as regalias do estômago. Crer que o bem-estar da alma procedia duma brutificação dela mesma, e que o encontrar esse bem obrigava a desatar-se a gente da convivência de sujeitos policiados, de mulheres inspiradoras e das magnificências da arte, enfim, de tudo que todos buscam sofregamente, parecia-me absurdeza, e falsificação no caráter de Afonso de Teive.

Preparei-me, pois, para devassar o secreto reviramento que transformou em poucos anos o espírito menos propenso que eu vira à paz dos campos, e ao absoluto apartamento da sociedade.

Estava a ceia na mesa. Que enorme ceia comemos, e que estrondoso ruído fizeram os meninos!

3

No dia seguinte ao domingo de festa que eu passei com Afonso reaparecera o sol magnífico da véspera.

Afonso de Teive mandou aparelhar um ordinário garrano, o qual, no dizer do dono, era um luxo nas suas cavalariças, visto que Afonso raras vezes saía para além dos muros da sua quinta. Da residência do reitor veio de empréstimo uma égua aparelhada de albardão, e estribos de pau que pareciam alqueires. Depois do almoço cavalgamos, embrenhamo-nos por uns quinchosos pedregosos e saímos à estrada entre Guimarães e Famalicão. Estava destinado um passeio de duas léguas. A égua abacial era tão firme no piso, que eu dei de mão às rédeas, formei dum estribo o travesseiro, e deitei-me no albardão, para admirar horizontalmente a natureza, maneira de ver que eu recomendo aos curiosos que ainda não viram assim a natureza. Ao meu lado ia Afonso de Teive, corcovado sobre o pescoço do garrano, que não obedecia à rédea, nem à espora: era preciso falar-lhe rijo, ou espertá-lo à paulada. E Afonso ria-se.

– Quem te viu e quem te vê, Afonso de Teive! – exclamei eu. – Quem te viu em Lisboa naquele cavalo preto, que levantava ferozmente as patas, como para te cuspir à calçada e as baixava humildemente e a tremer, se tu lhe murmuravas uma palavra! Quem te viu ao lado daquela Palmira...

Mal proferi esta palavra, Afonso cravou-me os olhos súbito abraseados do antigo fogo. Fingiu que sorria, querendo esconder a mutação do rosto. Voltou a face para onde eu não podia ver-lha; e, passados alguns segundos, murmurou:

– Lá se foi a alegria do nosso passeio.

– Por quê?! – acudi eu – perdoa-me, se involuntariamente feri a tua sensibilidade... Eu cuidei que entre ti e o teu passado estava um abismo incompreensível aos olhos da tua saudade... Pensei que ao homem feliz eram indiferentes as recordações dos bons e dos ruins tempos da mocidade.

Afonso deteve-se a encarar-me, e disse de golpe:

– Tu ignoras a minha vida desde 1850?

– Juro-te que não sei nada da tua vida – respondi.

– E dessa mulher que chamaste Palmira?

– Nada sei, senão que...

– Diz o que sabes... que hesitação é a tua?

– Apenas soube que era casada, que saíra daqui para Lisboa contigo, e mais nada. As pessoas a quem perguntei por ti eram os teus velhos amigos, que encolhiam os ombros e diziam: "quem sabe lá!" Desde 1856 que te esqueci completamente. Argui, se quiseres, a minha desmemoriada amizade; mas a verdade é esta. Eu sou, pouco mais ou menos, como todos os teus amigos.

Serenou-se o aspecto de Afonso de Teive, e fomos indo silenciosos, até apearmos em Guimarães na estalagem da Joaninha, que está neste mundo a competir em graças, limpeza e poesia com a Joaninha de Almeida Garrett, nas *Viagens*.

Jantamos, saímos a ver a terra, que eu nunca vira em dezembro, enxergamos à luz crepuscular umas famosas damas da velha cidade que resistiam ao frio da tarde, encostadas aos peitoris das suas janelas; entrevimos galantíssimos olhos de outras através das rótulas, que ainda agora nos estão contando virtudes de outras eras, virtudes que precisavam de rótulas, como as belas flores exóticas precisam de estufa.

Voltamos à estalagem, tomamos chá, e uns pastelinhos que hão de ir futuro além relembrando o mavioso nome da Sra. Joaninha. Depois pedimos duas camas num quarto, e tivemos a satisfação de ver que nos davam um quarto com cinco camas, ou coisa assim.

– Há dez anos – disse Afonso – é esta a primeira vez que durmo fora de minha casa. Acho-me só e estranho. Penso que estou a mil léguas de minha mulher e de meus filhos.

– Eu vou mandar aparelhar as cavalgaduras – disse eu – e vamos embora, que está magnífica a noite.

– Não – redarguiu Afonso – que preciso estar a sós contigo, uma noite. Debaixo das telhas que cobrem minha mulher, os meus lábios não proferem o nome de outra. Ela já sabe que eu fico em Guimarães. Falarei, e tu ouvirás, ou dormirás. Falarei do homem que conheceste em 1851, para explicar o homem de 1863. Hás de ver que lamaçais atravessei, que ressacas afrontei, como eu me bati de peito com as puas de ferro da desgraça, para chegar ao abrigo onde me encontraste. Não pasmarás então da minha velhice precoce; ser-te-á assombro a minha vida. Se és infeliz, consolar-te-ás. Se o não és, recearás sê-lo.

A noite, como sabem, era de dezembro.

Às onze horas consumiu-se de todo a vela. Afonso de Teive continuou a falar às escuras. Ao rasgar da manhã, abrimos as portadas, e Afonso falava ainda.

4

No princípio deste ano de 1864, saí de Ruivães, onde, por espaço de oito dias, me escondi à minha estrela funesta – a vigilantíssima desgraça, que eu ia esquecendo. No termo deste prazo, estranhei o sossego das minhas noites, faltou-me a mão do demônio que me arregaçava com dedos de fogo as pálpebras quebrantadas de sono, e fui à procura dele.

Deixei o meu amigo na cumeada do outeiro, vizinho de casa, com sua esposa e filhos. As últimas palavras dele foram: "Quando tiveres o livro escrito, deixa-me gozar a não vulgar satisfação de me ver personagem, e herói dum romance, que me promete uma imortalidade..."

– De quinze dias – interrompi eu.

Não longe da obscura paragem de Afonso de Teive, à margem do córrego chamado Pele, riacho, que, pela primeira vez, é revelado ao mundo em letra redonda, assentei eu a minha tenda nômada. A minha tenda são uns vinte volumes, um tinteiro de ferro e um cabo de pena de osso, que me deram noutro ponto do mundo, onde há quatro anos assentara também a minha tenda – ponto do mundo que por um singular acaso implicava ao meu sestro vagabundo: era no ano do Senhor de 1860, nos cárceres da Relação do Porto, o menos conveniente dos paradeiros para homens de gostos impermanentes em objeto de aposentadoria. Isto, sem embargo, não impedia que esta minha tão querida pena, tão amiga confidente daquelas trezentas e oitenta noites – de janeiro todas, que lá adentro dos congelados firmamentos de pedra, reina perpétuo inverno, e geiam as abóbadas, não sei se lágrimas, se sangue, se água represada nos poros do granito –, não impedia, vinha eu dizendo, que a minha pena, com o seu incansável fremir sobre o papel, me aligeirasse as noites, e aos assomos da alvorada me convidasse para a banca do trabalho, que foi meu altar de graças ao Senhor, e o confessionário onde abri minha alma ao perscrutar do anjo providencial que me dava a unção dos atletas e dos grandes desgraçados, para mais afrontosos e excruciadores suplícios.

Os meus vinte volumes, e o meu tinteiro de ferro, estão hoje sob o teto gasalhoso duma alma que eu noutras eras encontrei na minha. Não sei há que séculos isto foi, nem que congérie de abismos nos separam para sempre. Parei aqui, porque ainda aqui, há tempos, se me figura rediviva a imagem do passado, ainda aquela alma se me hospeda no coração em instantes de sonhos do céu, ainda a pedra tumular das afeições caídas à voragem infernal do desengano, está pendida sobre a derradeira: que a saudade é ainda um afeto, excelso amor, o melhor amor e o mais incorruptível que o passado nos herda.

A casa, onde vivo, rodeiam-na pinhais gementes, que sob qualquer lufada desferem suas harpas. Este incessante ruído é a linguagem da noite que me fala: parece-me que é voz de além-mundo, um como burburinho que referve longe às portas da eternidade. Se eu não amasse de preferência o sossego do túmulo, amaria o rumor destas árvores, o murmúrio do córrego onde vou cada tarde ver a folhinha seca derivar na onda límpida; amaria o pobre presbitério, que há trezentos anos acolhe em seu seio de pedra bruta as gerações pacíficas, ditosas, e incultas destes selvagens felizes que tão iluminadamente amaram e serviram o seu Criador. Amaria tudo; mas amo muito mais a morte.

Aqui, se Deus se amercear de mim, embargando o passo ao anjo exterminador, que contínuo me assalteia os áditos do meu éden de quinze dias, aqui escreverei, com quanta fidelidade a memória me sugerir, a narrativa que Afonso de Teive me fez.

Seis meses há que se fez noite no meu espírito. Por arrebatados ímpetos de quem quer furtar-se às garras de um imaginário dragão, tenho fugido para defronte do meu tinteiro de ferro, e avocado as graciosas imagens, filhas do céu, que, nos dias da mocidade fremente de más paixões, me refrigeravam a fronte, e disputavam ao encanto do mal, salmeando-me o hino de amor ao trabalho. O perdimento desse amor foi a suprema provação, a forja ardentíssima em que minha alma foi lançada à voracidade dum fogo depurante. Mas, no interior, por tudo em que sombreava a negrura do coração, eram tudo trevas, frio, letargia, esquecimento.

Não sei de que futuro abril do meu porvir me veio esta manhã um bafejo aromático de flores, umas ondulações de luz, que me pareciam as da minha juventude. Tudo me visitou como em mãos do fugaz arcanjo do contentamento. Passou o núncio misterioso, passou depressa, mas o meu espírito ergueu-se alvoroçado a saudar o sol de Deus, do Deus imenso que na imensidade dos seus mundos ainda guardará para mim um quinhão de alegrias parcas e modestas, as que unicamente podem dar consciência repousada, prelibações de bem-aventurança, e honrada aliança com os homens.

Penso que estou escrevendo as tuas palavras, ó meu amigo, redimido a lágrimas, a ultrajes, e a desapego do mundo. O clarão, que hoje alumiou a minha alvorada, seria porventura um reflexo das tuas alegrias. Há dias que me disseste:

"Sabes tu o que é ter um Deus, que nos escuta, que nos reprova, que nos louva, que nos povoa o espaço onde a alma insaciável do homem encontra um vazio horrendo, uma respiração aflitiva?" Querias tu dizer-me que orasse? A ti o confesso em grandes enchentes de consolação, e ao mundo o confessarei sem o ímpio rubor dos miseráveis que perderiam sua alma antes que a irregularidade os escarnecesse: OREI, meu amigo;

porque, num dos mais apertados transes da tua vida, quando mo acabavas de contar, interrompi o teu silêncio, perguntando:

– E que fizeste depois?

E tu respondeste-me:

– Depois, OREI.

5

Afonso de Teive estudava, há hoje vinte anos, em Braga, os elementos preparatórios para o curso universitário, quando viu Teodora, conhecida pela morgadinha da Fervença. Era ela então menina de catorze anos. Afonso tinha dezessete.

As mães destes dois meninos, entrevistos e amados com o inocente atrativo do beijo aéreo na flor a desatar-se e a enrubescer na *tige*, tinham sido condiscípulas na educação dum convento. Apartaram-se para serem esposas, com promessa de se continuarem a amar em seus filhos, se a sorte lhos desse com vocação para se unirem. Votos de virgens ainda, feitos com as faces purpureadas do calor do coração, que as levava contentes aos seus novos destinos.

A mãe de Teodora igualou em fidelidade da palavra prometida a mãe de Afonso. Uma tristeza, porém, a desconsolava, e cada dia se espessava mais a escuridade em seu espírito: sentia-se morrer, aos trinta e três anos, de enfermidade de peito, e deixava Teodora em anos verdes, solteira ainda, à mercê e alvedrio de tutores.

Na última fase de sua vida, foi ela a Braga com sua filha, de propósito a encontrarem-se com o moço predestinado a esposo, já esquecido, talvez, dos primeiros anos em que se haviam conhecido crianças. O ver com que alegria eles se reconheceram e saudaram, como avezinhas pousadas em uma mesma fronde ao mesmo arrebol da manhã, melhorou temporariamente a enferma; porém a muito rogada vontade do Senhor não lhe concedeu os dois anos de vida pedidos para a efetuação do casamento. Segredos do céu previdentíssimo; que, a não o serem, estes rogos de mãe, em favor da virgem, que vai ficar sozinha no mundo, com os seus dois inimigos – inocência e formosura – tais rogos baldados, e indeferidos em Deus, induziriam a argumentar contra a mediação do Criador nas misérias que criou.

Apenas falecida sua mãe, Teodora foi recolhida ao Convento das Ursulinas, por deliberação dum tio paterno, constituído espontaneamente tutor da órfã.

Afonso, aconselhado pelo coração e por sua mãe, visitava a educanda, disfarçando as frequentes visitas com a inocente mentira de parentesco.

Teodora, com dois meses de convento, desenvolveu-se e granjeou ciência da vida que não alcançaria em dois anos de aldeia, da sua solitária aldeia onde tinha apenas aves, flores e estrelas, a segredarem-lhe iniciações para amor. No convento, as preleções eram menos vagas, e mais acomodadas à capacidade das educandas. É certo que as mestras não lecionavam ternuras; mas o zelo com que elas vedavam o pomo dava a desconfiar que as precautas religiosas lhe tinham saboreado o travor, a não ser que o desdenhavam à míngua de dentes incisivos com que entrassem na casca daquele execrável e tão convidativo fruto de Pentápolis.

Com menos de quinze anos, Teodora completou o exterior de suas graças, e o interior do seu espirito. A beleza sabia ela já quantas invejas lhe ganhava entre as condiscípulas, quantas intrigas, quantas repreensões da mestra, à conta do muito enfeitar-se e remirar-se ao espelho. Não importava. A morgadinha da Fervença gostava de ser bela, de ser invejada e perseguida das inimigas, com condição e ressalva de ser admirada pelos galanteadores das suas perseguidoras. Enquanto ao espírito, o saber precoce de grades adentro igualou-a, se não antes avantajou-a muito ao estudantinho de Ruivães que, contra toda a natureza e arte, em colóquio amoroso ficava muito aquém de Teodora, e saía do locutório admirado da esperteza palavrosa da morgadinha.

Estas delícias do palratório, porém, foram repentinamente suspensas.

O tio e tutor de Teodora, sabedor dos amorinhos, que as religiosas, contra o seu costume, tomaram entre dentes, impôs a sua jurisdição tutelar. A educanda reagiu sem proveito, e Afonso desafogou em lágrimas a sua saudade.

A velha fidalga de Ruivães, avisada pelo filho aflito, foi a Braga consolá-lo, e dali partiu à casa do tutor, a lembrar-lhe o consórcio de Afonso e Teodora, desde muito pactuado entre ela e a sua defunta amiga. O tutor replicou, dando como nulos tais arranjos, enquanto os meninos não estivessem em idade de os ratificar.

Afonso esmorecera em dolorosa letargia, ao passo que Teodora pensava em fugir do convento. O instinto de associação, irrecusável em empresa tão arriscada, deu-lhe a conhecer a única pessoa capaz de auxiliá-la.

Estava nas Ursulinas uma menina de Trás-os-Montes, de família distinta, e costumes também distintos em natureza depravada. Entrara ali como em prisão; não obstante, como o anjo das trevas nunca desampara as suas diletas, lá mesmo lhe espiritou traças de poder entender-se com quer que foi que a viera seguindo desde a hora em que a família a desterrara. E que traças, infando sucesso, que revelação afrontadora da humanidade vai hoje estampar-se nesta página!

A menina transmontana, abrindo à flor dos lábios o sorriso condolente dum anjo de candura, selou com um beijo no rosto da sua recente amiga o pacto de se coadjuvarem contra a tirania de pais e tutores.

E posta, desde logo, em discussão a matéria, quis a morgadinha da Fervença, sem mais rodeios, saber de que modo poderia fugir do convento. Libana achou arrojado o intento da fuga, e desesperado sem razão, quando se podia melhorar de sorte, sem correr o risco de ser presa e reposta no convento para nunca mais ver sol nem lua. Contou ela, para exemplificar o perigo da fuga, a desgraça acontecida naquele mesmo convento, uns trinta anos antes. Era a longa história duma senhora, reclusa ali por violência, que cuidando salvar-se pelos encanamentos subterrâneos dos escoadouros do mosteiro, morrera asfixiada; e quando as freiras, a família e as justiças a julgavam foragida no estrangeiro, um operário ocupado da limpeza dos valos encontrou um cadáver quase esfacelado, mas ainda reconhecível pelos trajos. Semelhante história, contada e ouvida naquela casa sempre com horror, fez sorrir a morgadinha, e tirou-lhe do peito virginal esta observação: "Tendo eu de morrer na imundicie dos canos, antes me deixaria morrer entre a imundície das freiras. Lá enquanto aos aromas enjoativos, tanto faz estar lá embaixo como cá em cima." A resposta foi mais estirada e espirituosa no seu gênero; mas assuntos desta grossura só podem tratá-los curiosamente engenhos claros e eminentes como o poeta dos *Miseráveis*, que poetiza os escoadouros de Paris com o mesmo acume de estilo com que falaria dos jardins perpetuamente olorosos do Elísio.

Resolvida a sobrestar no plano da fugida, Teodora travou-se de mui íntima amizade com Libana, e formavam a sós um partido, que se fazia respeitar pela audácia da língua, e soberba de sua prosápia e abundância de meios. Neste conluio entrava uma servente de fora e uma criada de dentro, mediante as quais Afonso de Teive recebia cartas de Teodora, e um cavalheirote imberbe de Trás-os-Montes, primo de Libana, recebia as cartas de sua prima.

Numa tarde de agosto saíram as duas meninas a tomarem a fresca na cerca. Com o jeito cismador e melancólico em que iam, diríeis que eram as duas graças a procurarem a terceira, que lhes fugira enamorada de alguma divindade incógnita.

Quem as visse, àquela hora, depurativa das fezes de maus pensamentos e más palavras, havia de cuidar que o seu diálogo, todo ferventes arroubos e cantares ao empíreo, versava sobre os céus de Santa Teresa de Jesus, ou semelhantes devaneios do espírito embevecido no foco luminoso dos bem-aventurados.

Agora se recostam elas num escabelo de cortiça, cujo espaldar lhe formam almofadas de fofas murtas, matizadas da flor do maracujá. Perto delas trepida uma fonte; no tanque, onde a lua já principia a espelhar-se, coaxam as rãs; a viração cicia nas ramas do pomar; zumbem os insetos, espanejando-se ao frescor da tardinha. As duas cândidas meninas, enleadas na poesia do quadro, realçam-no e completam-no.

Ouçamos a música daqueles serafins.

Dizia Teodora:

– Se me eu pilhasse fora daqui!... Nestas tardes tão bonitas, havia de ser tão bom andar eu a passear com o meu Afonso!... Queimado morra o meu tutor e mais o filho! Se não fosse aquele bruto, não estava eu engradada! Ó Libana, tu não farás com que nos escapemos deste inferno! Olha... lá está a madre porteira a espreitar-nos da grade do canto!...

Libana voltou desabridamente as costas à madre porteira, e acudiu nestes termos aos anelantes desejos da sua amiga:

– Olha, Loló, não te zangues. A gente, afinal, há de sair daqui muito a tempo de gozar a vida. Se não formos tolas, podemos ir gozando mais do que temos feito. Queres tu saber o que me diz o meu Alfredo? Queres ver quanto ele me ama? Que sacrifício quer fazer por amor de mim? Olha, eu não quis dizer-te o que ele me pedia na carta de hoje, com medo que tu me aconselhasses a não ceder, mas cedo, filha, cedo, que a paixão não tem leis. Pede-me para vir ser minha criada.

– Tua criada! – exclamou Teodora.

– Minha criada! Pois então? – replicou Libana abaixando o tom de voz, abafada pelo frouxo do riso. – Não há nada mais fácil. O meu Alfredo tem cara de mulher, e não tem ainda barba.

Diz ele que se veste à moda das raparigas da minha terra, que me procura com uma carta fingida de minha mãe a pedir-me que receba a portadora como criada; cá no convento ninguém pode impedir-me que eu a receba; a gente há de ter todo o cuidado que se não descubra o logro; e... tu... que me dizes, Loló?

Teodora acudiu com o rosto chamejante de alegria:

– Olha lá, Lili, o meu Afonso também tem cara de mulher, pois não tem?!... Se ele viesse também para minha criada era tão bom!

– O pior é que ele é conhecido, por ter cá vindo muitas vezes – observou Libana. – O meu Alfredo é que só veio aqui no princípio uma vez, e ninguém o conhece... Não vamos nós botar tudo a perder, Loló!

– Que pena! – exclamou a morgadinha com os olhos no céu e a mão direita sobre o coração latejante. – Que pena que o meu Afonso não venha também para cá!... Ó Libaninha, vê se inventas alguma coisa, senão a tua amiga morre de tristeza!...

E, dizendo, escondeu o rosto, aljofrado de quatro lágrimas, no seio da amiga.

Que lágrimas! Donde veio ou para onde foi o anjo da inocência, quando um peito virgem tem daquelas lágrimas, e uns olhos, que ainda não viram os hediondos espetáculos da farsa do mundo, podem chorá-las!

Fechou-se a noite. Já a sineta havia chamado as duas meninas rebeldes ao primeiro e segundo aviso. Ergueram-se, deram-se o braço, e foram, na cela de Teodora, continuar o recendente colóquio do jardim.

Teodora, a não poder ser feliz, exultava com as venturas da sua amiga. Animou-a à temeridade de receber o atrevido rapazola de Trás-os-Montes, idólatra duma personagem de romance, único que em sua vida lera, o *Lovelace*, de quem se propunha imitar o entrajamento de mulher. O tolo! Ainda bem que as asneiras, copiadas dos romances, costumam ter, na vida real, umas saídas muito desgraçadas ou irrisórias! Ainda bem, para desdouro dos livros desmoralizadores, e luzimento de outros livros de sã moral, que só fazem mal ao publicador que os não vende.

Este Alfredo, que vivia oculto nas cercanias de Braga, aplaudido por Libana em seu projeto, foi à sua terra preparar os vestidos, e ensaiar-se em trejeitos mulheris.

Libana tinha uns irmãos, oriundos do mesmo tronco de pai e mãe, os quais, pelos modos, não tinham de que espantar-se do descomedimento e desatino da filha e irmã; de onde vinha o serem eles grandemente avelhacados, astutos, e espiões das tramoias de Alfredo.

A vila era pequena e de soalheiro. Correu logo por algumas bocas, até aos ouvidos dos interessados, o estar-se fazendo roupinhas e saiotes, e outros atafais de mulher, afeiçoados ao corpo de Alfredo. Sem detença, um dos irmãos de Libana saiu para Braga; o outro ficou de atalaia aos movimentos do imitador de Lovelace. O que se escondera em Braga foi avisado a tempo que Alfredo vinha de jornada. Uma engenhosa combinação com as autoridades lançou a rede tão a ponto que o infeliz foi capturado na portaria das Ursulinas, vestido de camponesa transmontana, e dali, entre baionetas, e escoltado de rapazio, percorreu todas as estações judiciárias desde o regedor até às carícias do carcereiro.

As religiosas, cônscias do escândalo, requereram ao prelado bracarense a expulsão da reclusa que desonrava o convento e contaminava de sua desmoralização as outras meninas. Foi, portanto, Libana entregue a seu irmão, que a levou para casa. Esperava-se geralmente que esta donzela, agourada para extremados desastres, tivesse um fim de exemplo a mulheres desgarradas do trilho da virtude. Os prognósticos da opinião pública erraram, como se há de ver num futuro livro.

A gente não sabe ainda bem como este mundo está feito.

6

O escândalo, que felizmente abortou à portaria do convento, pôs de sobrerolda os pais de família, que tinham meninas a educar nas Ursulinas, e deu às insones freiras um sexto sentido de observação. Dentro do mosteiro reinava a opinião de que Teodora tinha bastante capacidade para tomar criada, conforme o gorado sistema de Libana. Além disto, depois da expulsão da transmontana, a morgadinha, em vez de quebrar do orgulho e reportar-se, enfuriou-se mais, e saía com invectivas e chacotas às freiras velhas, clamando a vozes descompostas que a mandassem embora, se lhes não servia assim. A comunidade, ofendida e esgotada de paciência, consultado o tutor da educanda, assumiu o uso ou o abuso dos antigos poderes monásticos, e encerrou-a no seu quarto, com ameaças de a fecharem no tronco. Teodora esmoreceu diante da força mista das freiras e dos padres capelães, que prometiam suprir com o pulso a ineficácia da eloquência persuasiva.

Vagamente informado da situação da sua amada, Afonso de Teive foi à portaria do convento, no heroico propósito de ir arrancar a vítima de sobre as asas da teocracia despótica. A porteira, senhora de óculos e de muita virtude, ofereceu peito de mártir às injúrias ímpias do acriançado amante. Porém, como quer que o acaso ali encaminhasse um cabo de polícia, quando Afonso gesticulava e vociferava um menos mau improviso contra os conventos, o cabo, com as mãos atadas na cabeça, correu ao regedor, e este acudiu no supremo lance, já quando o alucinado aluno de Retórica estrondeava na porta valentes murros, chamando Teodora a clamorosos gritos.

Travado pelos braços pujantes das autoridades, Afonso não pôde resistir à surpresa do assalto. Escabujou e esbravejou enquanto as forças da raiva o aqueceram; afinal caiu exânime nos braços da lei, balbuciando ainda "Teodora!". Estava a instaurar-se-lhe processo, quando a fidalga de Ruivães chegou a desfazer com a sua respeitável presença, e auxílio dos mais importantes cavalheiros de Braga, a criminalidade pueril do filho.

Afonso, levado por sua mãe, foi para casa, deliberado a deixar-se morrer. Caiu de cama, e tresvariou em febres de mau caráter. Todavia, os cuidados maternais, cooperados pela robusta natureza dos dezesseis anos, salvaram-no. Os olhos, durante a morosa convalescença, choraram-lhe de contínuo; os sonhos eram-lhe ainda suplícios de que despertava em brados e soluços; não obstante, a cura do amor, que chora, é certa: ferida de coração, onde possa chegar o agro e adstringente de uma lágrima, cicatriza cedo ou tarde. Amores incuráveis são os que desabafam em rancorosas explosões.

A parentela do ilustre pimpolho, alvorotada pelas lástimas da fidalga, reunira-se em conselho, e alvitrara que Afonso de Teive fosse completar os estudos preparatórios em Lisboa, hospedando-se em casa dum seu tio desembargador. O moço obedeceu às exortações e rogos de sua mãe, depois que a extremosa senhora lhe prometeu e asseverou que, a despeito de tudo e de todos, Teodora, no prazo de um ano, seria sua esposa.

Os parentes embicaram, resmoneando que o morgado da Fervença o era só em nome, sem vínculo, nem foro em ascendente conhecido. Contra estas razões se insurgiu Afonso em termos que feririam a ilustração democrática dum botequineiro antes de ser cavaleiro do hábito de Cristo. A fidalga, mais ufana de proceder do tronco dos primitivos cristãos, iguais entre si e iguais ante Deus, que vaidosa de aparentar-se com os Pinheiros de Barcelos, e os Correias e Lacerdas da Honra de Farelães,* votou com seu filho, dizendo "que na casa de Ruivães sobejava a fidalguia e faltava a felicidade".

Honra: propriedade privilegiada de fidalgos, que não tinham seus lucros taxados pela Coroa; *Farelães*: pequeno povoado de Vila Real, em Trás-os-Montes.

Foi Afonso para Lisboa com o capelão. O tio desembargador agasalhou-o nos braços, e as primas, filhas do bondoso magistrado, à míngua dum irmão, começaram logo a dizer que Deus lhes dera um, e, como tal, o não deixariam voltar mais, sem elas, à província.

Pouco montam tantas carícias para o contentamento de Afonso. Ralam-no saudades, emagrecem-no os jejuns, amarelece-o a tristeza. Nas aulas é mau estudante; no círculo dos condiscípulos é um autômato que ri por comprazer, e vai sem saber que vai para onde o impelem; em casa com as primas é um aborrecido, que nem ao menos as acha bonitas, nem cisma sequer em adivinhar as charadas métricas, e logogrifos figurados, em que todas são exímias, e sobremodo impertinentes.

A senhora de Ruivães recebe de todos os correios instantes cartas de Afonso acelerando as diligências para o casamento. A consternada mãe já por terceiras pessoas mandou sondar as dificuldades que importa combater. De Braga dizem-lhe que Teodora já saiu do encerramento da cela, e tem o convento todo por homenagem, salvo o palratório e a cerca. Ajuntam as informações que o tutor da morgada frequenta semanalmente o convento, e algumas vezes vai com ele um filho, rapaz de figura absurda, com uma gravata vermelha, capaz de seduzir uma nação de pretos, e uma casaca arqueológica, de cabeção tão copioso que parecia enrolar um capote.

A descrição poderia ser acoimada de desgraciosa; mas de hipérbole não.

Este sujeito chama-se Eleutério Romão dos Santos, por ser filho de Eleutéria Joaquina, e de Romão dos Santos, tutor de Teodora, lavrador abastado, vizinho do Mosteiro de Tibães.

Eleutério tem vinte e dois anos; quis aprender a ler com seu tio padre Hilário; mas a natureza opôs-se-lhe, logo que ele, após um ano de canseira, entrou a soletrar palavras de três sílabas. Vencido pela natureza, padre Hilário desistiu, visto que lhe era vedado arejar o cérebro do sobrinho por uma fresta aberta a machado.

O filho único de Romão dos Santos recebeu em upas de alegria a notícia da sua incapacidade para soletrar nomes de três sílabas. No dia seguinte, o pai mandou-o à feira dos nove com uma junta de bois. O rapaz efetuou a venda dos bois com tamanha astúcia e vantagem que logo dali se deu a conhecer a sua vocação. Uma segunda mercancia robusteceu-lhe o crédito, que outras vieram confirmando, até que Romão deu ordem ilimitada de dinheiro a Eleutério para poder negociar em bezerros e vitelas.

Estava o rapaz neste auge de glorificação própria, e inveja dos vizinhos, quando faleceu a mãe de Teodora. A órfã, apenas sua mãe cerrou olhos, foi conduzida para casa de Romão, seu tio paterno. A criança ia lagrimosa e carecida de meiguices e consolações de alguma senhora, que lhe falasse a linguagem polida à qual estava afeita. Em casa de Romão havia somente a Sra. Eleutéria Joaquina, criatura chã, que, a cada soluço da sobrinha, dizia quase sempre:

– Não chores, pequena; que a morte é portelo que todos temos de passar.

E, para não dizer sempre o mesmo, variava deste teor:

– Isto, como o outro que diz, é hoje tu, amanhã eu.

Eleutério, porém, menos versado em lugares-comuns de pêsames aldeãos, querendo consolar sua prima, tirou estas palavras do peito:

– Senhora prima, olhe que o chorar faz mal às meninas dos olhos. Deixe-se de estar a suspirar, que não lhe dá remédio. Agora o mais acertado é divertir-se pelas feiras. Vem aí a de Vila Nova de Famalicão, onde eu levo vinte e duas juntas de bezerros. Se a senhora prima quiser, vamos comprar de meias* algum gado, e deixe cá isso à minha vigilância, que eu, dentro dum ano, prometo dar-lhe dinheiro de ganho com que há de

*Comprar de meias: comprar a meias, repartindo igualmente ganhos e perdas.

comprar um grilhão de duzentos mil réis, e umas arrecadas de lhe chegarem aos ombros. O mais quem morreu morreu, é ditado dos velhos.

– Quem morreu é rezar-lhe por alma – atalhou com má gramática, mas com piedosa intenção, o tio padre Hilário.

Teodora estava a rebentar de raiva, quando Eleutério recolheu ao bucho das cruas sandices, outras muitas que já lhe ferviam nos gorgomilos.

Aí está uma amostra de Eleutério Romão dos Santos.

O conselho de família deliberou o ingresso da órfã nas Ursulinas. A menina acolheu agradavelmente a notícia, por se desentalar assim da opressão do primo alvar, e da tia, mais boçal do que racionalmente se deve permitir à bondade de uma pessoa qualquer.

Logo que a mãe de Teodora morreu, o tio, que lhe conhecia o valor dos bens, lançou contas ao futuro, e deu como realizável um casamento, que vinha a ligar as duas casas maiores da freguesia. Custou-lhe a ceder que a pupila se lhe distanciasse de casa; mas os votos dos outros membros venceram, fundados na precisão de educar a menina, que fora criada com mestres, e de todo estranha à vida agrícola.

Entretanto, Romão predispôs o filho a cuidar seriamente no *bonito arranjo que lhe saía a talho de foice*: estilo figurado e pitoresco em que são inventivos os nossos camponeses, e em que Romão primava sempre que tinha entre mãos algum *bonito arranjo*, o qual vinha a ser sempre um arranjo feio para o próximo.

Eleutério, ao princípio, disse que a prima lhe parecia um arenque. Fundava o desdenhoso a sua crítica na magreza delicada e cortesã de Teodora. Entre galãs da estofa de Eleutério, mulher de encher olho queria-se vermelhaça, alta de peitos, ancha de quadris, roliça e grossa de pulsos, com os queixos túmidos de gargalhadas estrídulas, e as facécias equivocas, e os estribilhos patuscos sempre engatilhados nos beiços grossos e oleáceos. Teodora era o invés de tudo isto.

Faz pena vir aqui a ponto o descrevê-la, quando o contraste lhe fica tão de perto.

Teodora, aos dezesseis anos, era um modelo acabado de formosura, como raras se vos deparam nas raças patrícias, que o concurso de circunstâncias, umas espirituais, outras fisiológicas, aprimoraram. A palidez era nela o principal característico das belezas de eleição, à escolha de olhos onde parece que os nervos óticos vêm da alma, e não do cérebro, a tecerem a retina. A mulher pálida é a que vem cantada em poemas e extremada em romances: ora, quando a poesia e prosa conspiram a dar a realeza do amar e padecer à mulher pálida, havemos de curvar-lhe o joelho, na certeza de que ela se fará amante e mártir, por amor do poema e do romance, ainda mesmo que a natureza lhe tenha temperado o coração de aço. Pode ser que semelhante cláusula, no decurso deste livro, acuda à retentiva do leitor.

Relumbravam no alvor das faces de Teodora olhos negros, não vivos, antes mórbidos, como se a queda das longas pálpebras iriadas de veias azuladas lhes vedasse o raio de luz em cheio que rebrilha, aquece, e regira os globos visuais. Do nariz diremos que, nesta feição, a mais rebelde aos desvelos da natureza, tão extremada se mostrara ela, que bastante lhe fora aquela perfeição para desmentir os que a taxam de desprimorosa. Em lábios, não sei se me valha das figuras antigas – rosas e corais, romãs e carmim – se me avenha com esta verdade pronta e fluentíssima que dum traço copia como o pincel, e duma frase exprime tudo, como em frases de Castilho: "era um ósculo perpétuo de inocência." Como isto sai bem na música da expressão; e que belo seria o mundo, se as bocas formosas estivessem sempre absorvidas no ósculo perpétuo da inocência! ó Teodora, se tu então morresses, o teu rosto, trasladado em marfim, ainda agora nos seria a imagem dos lábios nunca despregados do beijo de algum anjo, ressabiado ainda da voluptuosidade dos anjos mal-avindos com o candor celestial. Mas tu cresceste, e deformaste-te, ó crisálida! A tua essência do céu vaporou para lá no alar-se de alguma virgem, irmã tua, que o Senhor chamou na antemanhã do primeiro dia nebuloso de sua vida; e o que de ti ficou foi a formosura e a desgraça da mulher.

Mas, afora a essência pura do céu, que esbelta, que peregrina mulher cá se ficou a ostentar as galas mundanas, esse opulento nada que desaba do altar da nossa idolatria a um roer surdo de vermes e podridão!

Esta última palavra tolhe-me de continuar a descrever Teodora. Esmoreceram-me os espíritos. Caí da minha fantasia na lagoa fétida da verdade. Achei-me como às margens duma sepultura regélida do gear de uma noite de dezembro. Parou-me o sangue no pulso, inteiriçaram-se-me os dedos, e a pena desprende-se. Assobia o nordeste pelas arestas dos jazigos, e remexe e sacode de sobre esta pedra umas coroas úmidas de orvalho, cristalizado em lágrimas; são coroas de perpétuas sagradas à formosura, que se julgou imorredoura, à sexta hora do seu breve dia. Lá vão as coroas no bulcão do vento; lá vão esgalhadas as frondes do chorão e do cipreste; lá vai tudo; a memória dos vivos lá se foge também dessa sepultura; tudo foi; só tu ficaste, ó Cruz!

7

Beleza absoluta, de telhas abaixo, há uma só, que é a da mulher formosa; e, na variada manifestação de beleza em diversidade de tipos, há uma superior formosura, que constitui o belo universal, o belo que prende e leva todos os olhos. A mulher, assim dotada, tanto impressiona o espírito educado na visão e admiração das maravilhas da natureza e arte, como o espírito desculto de toda a compostura e discernimento. Dá-se o exemplo desta coisa formulada em tese abstrusa na embriagadora influição dos olhos de Teodora no ânimo selvagem de Eleutério.

A menina de catorze anos, que o lerdo vaqueiro comparava a um arenque, apareceu-lhe aos dezesseis na grade do convento, e atordoou-o. O moço, querendo exprimir ao pai a sensação recebida naquela hora, disse com expansiva naturalidade:

– Quando ela me espetava os olhos, havia de dizer que a minha alma estava fora do corpo! Eu queria dizer-lhe alguma coisa, e a língua grudava-se-me ao céu da boca. Quem me dera ser rei, e que ela fosse uma pastora de cabras!

Se a linguagem fosse mais joeirada de plebeísmos, a concisão da ideia poderia atribuir-se a Shakespeare. A mais cristalina água é a que rebenta de penhascos ermos: assim, de espíritos selváticos, ressaltam por vezes umas ideias límpidas, duma sensibilidade original, que faz pensar.

Romão ficou contente da resposta, decorou-a, e assim a pespegou a Teodora. A menina, vezada à linguagem mais florida ou mais delicada de Afonso, riu interiormente dos termos rústicos do primo, e de fora compôs o gesto para fingir que o não entendera. O tutor, porém, instintivo avaliador do capital do tempo, sem saber que os economistas ingleses chamavam ao tempo capital, repetiu, já dilucidando-as, as palavras de Eleutério, aproando o discurso ao ditoso remanso do casamento, que ele, na sua locução figurativa, denominava um *lindo arranjo.*

A morgadinha ouviu ansiada o tio, e respondeu com um ataque de nervos, que era já o terceiro que a insultava; simpática doença em meninas pálidas, se é o amor contrariado que lhes desmancha o aparelho nervoso. Teodora soluçava agudos gemidos, que iam reboando pelos dormitórios. Acudiram algumas freiras, e transferiram-na à sua cela. A prelada foi à grade averiguar do acidente, e saiu convencida de que a órfã era uma doida a quem Libana, de impudica memória, ensinara a fingir ataques nervosos. Romão dos Santos saíra do convento no propósito de consultar um egresso do Carmo sobre os trejeitos e feitios que vira em sua sobrinha, para aplicar-se-lhe a reza purgativa de demônios, se o frade entendesse que ela os tinha no corpo. O zeloso e invencível demonífugo foi ao convento, avistou-se com a suspeita energúmena, mandou as freiras que depusessem acerca das malfeitorias atribuídas ao espírito imundo, e retirou-se capacitado de que a morgada da Fervença estava possessa duma legião de travessos e intrigantes diabinhos que usam, contra todo o natural, aninhar-se entre religiosas, não as poupando mesmo, quando elas tomassem o expediente salvador do conhecido galego da fábula de Almeida Garrett. Era ilustrado o egresso.

No entretanto, soubera Teodora que Afonso de Teive fora para Lisboa. Esta partida azedou-lhe a vaidade, sem embargo de ter sabido a destemperada arremetida que ele fizera contra a porteira, e as vergonhas e trabalhos que lhe ia custando ao pobre moço aquela façanha. Porém, ninguém lhe dissera que dores o puseram à borda da sepultura, que saudades o crucificavam em Lisboa e que vãs solicitações fazia a mãe de Afonso para assegurar à filha da sua defunta amiga a certa realização do casamento.

Sobreveio ao despeito o enojo crescente, que mortificava a reclusa, sempre espiada, e perseguida de velhas conselheiras, que tomaram à sua conta salvá-la. Ao despeito e ao enojo, acresceu o visitá-la com mais frequência, e um pouco melhorado de figura, seu primo Eleutério. Dantes, a cabeça exterior do moço era hórrida, toda escadeada da tesoura hábil em tosquiar reses, tufada de grenhas, com umas repas caracoladas sobre as orelhas, e aquele todo lustroso de azeite. Depois, apareceu Eleutério com o cabelo cortado à escovinha, e os caracóis banidos. Depôs a casaca no gavetão-museu da família, e envergou uma judia, como se usava então, com matizes e florões nas costas, e borlas de apertar no pescoço. A pantalona continuava-se em polaina até à ponta do pé, e abotoava sobre meio palmo do artelho com botões de madrepérola. Além disto, o pai deu-lhe o relógio avoengo, que, no continente e conteúdo de caixas sobrepostas, parecia a baixela duma família, desde a tina do banho até à bacia do lavatório. Os berloques deste tesouro, que não regulava há quarenta anos, eram placas de diferentes pedras, e sinetes periformes de tal tamanho, que pareciam armas de defesa.

Teodora custou-lhe a reconhecer o primo Eleutério, afora mãos e pés, que nenhuns outros podiam confundir-se com os dele, a despeito mesmo das torturas em que os trazia entalados. O rapaz tinha conquistado de sua prima uma admiração comparativa: era já grande salto dado para dentro do coração da menina.

Li em algures, e estou convencido duma verdade que soa como paradoxo; e é que o espírito de cada pessoa tem muito que ver com o modo como ela está entrajada. A intelectualidade apouca-se e confrange-se quando o sujeito se olha em si, e se desgosta da compostura dos seus vestidos. O desaire do espírito como que se identifica ao desaire do corpo. As ideias saem coxas e esconsas do cérebro; a expressão tardia e canhestra denuncia o retraimento da alma; há o que quer que seja fenomenal que eu tivera em conta de desvario meu, se muitos sujeitos me não tivessem confessado semelhantes segredos de psicologia, em que o alfaiate exercita importante alçada.

Demonstrado isto, explica-se o atavio de palavras com que Eleutério se saiu no palratório, no dia em que se mostrou desfigurado a Teodora. De vez em quando, o moço baixava modestamente os olhos requebrados sobre os berloques, e ao levantá-los para sua prima já nos beiços lhe borbulhava alguma ideia bonita. Igual fortuna o bafejava, quando, acaso ou por acinte, se via de polainas, abotoadas tanto ao justo da canela, que se ficava algum tempo narcizando nos pés.

Deste primeiro colóquio saiu a morgada pensativa. Algumas senhoras, grandemente e astuciosamente admiradas, entraram na cela da menina a perguntar-lhe se era, em verdade, seu primo Eleutério o peralta que a visitara. Teodora respondia que sim entre ufana e desdenhosa. As freiras benziam-se, e exclamavam:

– Que perfeito rapaz ele se fez! Ninguém havia de dizer o que saía dali! Em Braga não passeia outro que o valha, nem quem o exceda.

– Seu primo é uma figura que dá na vista! – ajuntava a mais deliciosa das freiras para não ficar em pecado com a sua consciência.

Teodora, quando acordou na manhã seguinte, viu duas imagens: uma enevoar-se e esvair-se como sonho que a memória não pode já reter: era a imagem de Afonso; outra avultou-lhe completa nos menores traços, radiosa, animada e animadora: era a imagem de Eleutério Romão dos Santos.

Ergueu-se alegre, abriu a janela do seu cubículo, aspirou o ar do céu que nunca lhe parecera de tão lindo azul, e invejou as aves que volitavam mui serenas gorjeando, ou regirando umas jubilosas voltas, que à menina se figuraram as delícias da liberdade.

Amava ela Eleutério Romão?! Não amava, disse-o ela, e eu juro nas palavras de Teodora. O que ela amava era a liberdade; os anelos de sua alma ansiavam sôfregos um viver, que o temperamento lhe estava pedindo a gritos, gritos que a sociedade não escuta, não acredita e não perdoa. O que ela via em Eleutério era o homem já desfigurado da repulsão primária; o homem aceitável como libertador de um seio que quer encher-se de perfumes, sem se dar em servidão ao homem que lhe vai descancelar os áditos do mundo. Assim é que muitas mulheres têm amado aqueles que as salvam; deste amor, assim chamado por não haver mais elástico epíteto que dar à coisa, é que surdem os irremediáveis infortúnios, os ódios irreconciliáveis, e as afrontas que levantam as campas, encerram algozes e vítimas, e ficam ainda de pé sobre as lousas infamadas, pregoando o opróbrio dos filhos gerados no crime e amaldiçoados na infâmia de suas mães... Colho as velas; que, neste rumo, ia varar em sensaboria encapotada em moralização: coisa duas vezes importuna.

Conseguira, neste tempo, a senhora de Ruivães, que uma secular das Ursulinas entregasse uma carta à morgada, carta de esperanças, alento, e consolações, com miúdas notícias dos padecimentos do filho em Ruivães, e das penas e receios que o desesperavam em Lisboa. Terminava a carta prometendo à menina que, antes de cumpridos dois anos, os votos de todos se haviam de realizar diante de Deus, contanto que Teodora conservasse firmeza, coragem, e constância.

– Dois anos! – disse entre si a morgada. – Esperar dois anos neste purgatório... Se Afonso me ama, por que não há de vir já roubar-me deste cárcere? Dois anos! e viveria eu aqui tanto tempo à espera de não sei quê?! Eu cativa aqui dois anos, e ele em Lisboa a divertir-se!... Se ao menos eu o esperasse em liberdade, os dias iriam menos arrastados, mas, privada dos prazeres que ele está gozando, esperar um futuro talvez duvidoso... é loucura! Quem me diz a mim que Afonso, neste espaço tamanho de tempo, se não apaixona por outra? Se ele me ama, como dizia, e a mãe me diz agora, quem nos impede de casarmos já? Se somos muito novos, lá virá ocasião de envelhecermos. O que eu tenho, meu é já; ninguém mo rouba por eu casar contra vontade do conselho de família... Dois anos!...

E, naquele dia e nos dois seguintes, Teodora, de cinco em cinco minutos, dizia: *Dois anos!* e ficava meditativa, até de novo exclamar: *Dois anos!*

Respondeu a morgada à mãe de Afonso que a sua saúde se havia perdido na opressão e dissabores daquela vida, em que tão contrariada se via. Dizia mais que a precisão de se livrar de tal cativeiro a obrigaria a dar-se como esposa a um homem que ela não amasse. Queixava-se da ausência e silêncio de Afonso, e citava o namorado da sua amiga Libana como exemplo de rapazes apaixonados. Concluía desejando a Afonso todas as venturas deste mundo, enquanto ela se deliberava a experimentar todas as desditas.

A virtuosa de Ruivães, lendo o final da inesperada carta, acolheu-se à sua capela, e longo tempo esteve em joelhos pedindo à Virgem que defendesse Teodora dos seus funestos instintos.

E, desde aquela hora, a mãe de Afonso, com quanta delicadeza de admoestação e brandura afetuosa pôde, desviou o filho de pensar em Teodora como futura companheira de sua vida. Afonso pedia instantemente explicações de tal mudança no espírito de sua mãe; e ela, podendo responder com o mais idôneo documento, que era a própria carta da morgada, dilatava as suas razões para mais tarde. E, ao mesmo tempo, escrevendo a Teodora, conjurava-a a ter mão de sua imprudente mocidade, descrevia-lhe o quase nada que conhecia do mundo, citava-a para diante da virtuosa memória de sua mãe; mas não lhe falou de Afonso.

A morgada não deu peso a tal omissão, nem achou razoável o sentimentalismo da fidalga; irritou-se mais por lhe não responderem ao artigo essencial da sua carta, que era apressar-se o casamento, visto que a sua saúde corria perigo.

Eleutério, cada vez mais assíduo na grade, já tinha uma outra judia cor de alecrim, outras pantalonas apolainadas, um colete de veludo escarlate, e um cavalo de marca, aparelhado a primor, e obediente ao freio para todo o gênero de upas e galões. Teodora gostou disto, porque um dos seus anelos era a equitação: sonhara-se muitas vezes cavalgando selim raso, trajada em amazona, com as dobras do amplo véu ondulando no frenesi de desapoderado galope. O cavalo – faz pejo dizê-lo! – foi muito no determinar-se a morgada a responder categoricamente às tímidas perguntas do primo Eleutério. Assim foi. Ajeitado o ensejo, a menina, balbuciando com artificial pudor, disse que estava disposta a tomar estado, visto que a idade lho permitia. Eleutério, perplexo de ouvi-la, sem ousar supor-se o noivo escolhido, sopesava o bofe direito cuidando que estava ali o coração; quando, porém, a prima lhe disse:

– Faço aquilo que meu tio Romão quiser... Caso com quem ele determinar...

Eleutério expediu um ai de desafogo, e riu-se alvarmente, esfregando as mãos.

Por amor deste sucesso vim eu a desenganar-me de que a natureza anda muito abastardada e contrafeita no teatro e nos romances. Casos análogos daquele tenho-os visto remedados com trejeitos e exclamações inversas da lógica da natureza. No romance, todos os Artures ou Ernestos, ao saberem que são amados, empalidecem, suam, ajoelham, declamam, quando não podem oscular com frementes soluços a mão da mulher amada. No teatro, em lances idênticos, tenho visto desmaiar sujeitos que matariam a futura sogra e o próprio pai, se lhe atravancassem o caminho da felicidade. Rir às cascalhadas é que eu ainda não vi amante ditoso nenhum no instante solene de se crer amado. Eleutério Romão dos Santos é o primeiro modelo que a natureza me oferece.

E a verdade é só uma. Ao beijo da felicidade que endoida e transporta, o homem, que não estoura em explosões de riso, deve de estar mui calcinado de coração. Dramaturgos e romancistas, por via de regra, são umas pessoas áridas, frias e falsas, que inventam a natureza, depois que desbaratam a sensibilidade, exagerando as generosas comoções que receberam dela.

Teodora gostou medianamente dos modos de seu primo. Antes ela o queria falsificado no molde dos romances, que a menina transmontana lhe emprestara; mas, ainda assim, aceitou com paciência a linguagem desartificiosa daquela ingênua e bruta alma.

Aquietado de seu arrebatamento, Eleutério Romão dos Santos falou assim:

– Cheguei ao que desejava, graças a Deus! A pena que eu tenho é não ser tão rico como Sansão. (O padre Hilário quisera lecioná-lo em Sagrada Escritura: falou em Salomão, ao que se presume, e o rapaz, assim como odiava o soletrar palavras de três sílabas, deve supor-se que também em matéria de história preferia os indivíduos de duas aos de três sílabas.)

E continuou:

– Se eu fosse tão rico como Sansão, prima Teodora...

Nisto, como lhe não ocorresse ideia nenhuma com que fechar a oração condicional, levou a mão à testa, e roçou a epiderme com o aro dum robusto anel que trazia no dedo indicador. Ideia magnífica! Tirou o anel, e lançou-o ao regaço de Teodora. Tinha o anel um grosso topázio, engastado num círculo de pérolas. Teodora examinou o objeto e, enganada pela circunferência do aro, esteve quase a pensar que era uma pulseira.

– Faz favor de encaixar no dedo, prima – disse Eleutério.

– Não me serve – disse a menina.

– É que está magrinha das mãos... – replicou o moço. – Pois guarde-o, e quando engordar o porá no dedo. Lá que a prima há de engordar com os ares de Tibães, isso é que não falha. Vamos a tratar da dispensa, e acabar com isto. O que eu queria era ser tão rico como Sansão.

8

As filhas do Desembargador Figueiroa rodeavam o primo Afonso de agrados, de gozos familiares e recreios, tendendo tudo a diverti-lo de sua taciturna melancolia. A senhora de Ruivães, escrevendo a seu irmão, pedia-lhe que se descuidasse em matéria de estudos, e tomasse muito a peito a distração do filho, qualquer que fosse o gasto que ela houvesse de desembolsar. Os prazeres da sociedade eram temporãos ainda para a idade de Afonso. Bailes e teatros atediavam-no só em cuidar que havia de ir afrontar-se com centenas de mulheres entre as quais nem sequer em sombra se lhe oferecia, como agro alimento de saudade, a imagem de Teodora. O pudor dos dezessete anos, a índole nada comunicativa, o receio de ser posto a riso por suas primas, encrudesciam, na soledade silenciosa, a paixão do moço. Comprara-lhe o tio, por ordem de sua irmã, um cavalo. Afonso recebeu a dádiva com satisfação, por poder assim, quando lhe aprazia, alongar-se da cidade, e refugiar-se em alguns arvoredos das quintas limítrofes de Lisboa.

O local mais atrativo do seu espírito era a quinta dos condes de Pombeiro, em Belas. Desde o reinado de El-rei D. Manuel que as gigantes árvores daquela majestosa anciã estavam frondeando, e asilando as gerações de aves, como para alegrarem com suas músicas, e agasalharem com suas sombras o moço foragido do estrondear da cidade. Por ali as horas lhe corriam plácidas, contentes nunca, bem que a tristeza de entre os arvoredos, ao murmuroso cair de água em sonora bacia, seja uma particular tristeza, que, relembrada depois, dá rebates de saudade, saudade como a sentimos de alegrias para sempre idas com a sazão das breves e donairosas verduras da vida.

De cada vez que Afonso ia à quinta predileta, em cada árvore nova entalhava as letras iniciais dos dois nomes, que ele imaginava, apesar da distância e dos reveses, atados para sempre com aplauso de Deus. Este pagão de amor e por amor, à imitação de todos os amadores visionários, cuidava que a divindade se intromete nestas brincadeiras da terra, chamadas paixões, passatempo de muito folgar que, algumas vezes, nas suas folganças e corrimaças, esbarra na sepultura aberta e lá se atira em corpo, deixando cá fora a alma infernada na desonra e na execração. E querem os pobrezinhos, com o peito aberto ao abutre de suas quimeras, que Deus intervenha nos seus infernados brinquedos!...

E Afonso, escondido nas sombras escuras de Belas, chorava por Teodora, e, alteando o rosto ao céu, pedia ao Senhor que lhe visse as lágrimas e houvesse piedade delas.

O desembargador inquietava-se com as longas ausências do sobrinho; mas não o contrariava. As filhas é que mais se queixavam da selvatiqueza do primo, que se ia à aldeia a conversar com árvores e penedos e deixava suas primas, que tanto se interessavam em diverti-lo. Nestes queixumes das gentis meninas, transparecia um mal disfarçado despeito de todas e de cada uma. Qualquer delas, a resguardo das outras, havia pensado em ser a mais amoravelmente olhada dos olhos de Afonso, o galhardo moço, que tantas graças tinha, como se lhe não bastasse ser rico! O amador da órfã das Ursulinas, se pudesse suspeitar que suas primas conjuravam em disputar-lhe uns grãozinhos do mesmo incenso de Teodora, não faria menos que odiá-las. Estes escrúpulos são a religião, o ascetismo dos iluminados de amor, iluminados lhes chamarei eu em respeito do leitor maior de trinta anos, e compaixão de mim, que ambos nós já fomos também iluminados, e não é por nossa vontade que estamos agora atolados neste lamaçal, onde, por sobre todas as desgraças e vergonhas, ainda queremos ver na superfície lamacenta e torva espelharem as estrelas do céu da nossa mocidade!

Afonso esperava ainda. Sua mãe mentia-lhe. Seu tio, aferrado às tradições de avós, devia de tramar a quebra do casamento destinado com uma menina, apenas formosa, rica e pura, como um anjo a quisera para si. É o que Afonso pensava do silêncio da mãe e das reflexões do velho.

Estava, uma tarde de agosto, Afonso em Belas. Desde o dia anterior que não voltara a Lisboa. O tio, como ele não voltasse ao segundo dia, meteu-se à sua carruagem, e foi procurá-lo, e entregar-lhe cartas recebidas do norte. Uma era de sua mãe, outra de um seu tio paterno, fidalgo de Barcelos, o mais acérrimo impugnador do casamento de um Teive Lacerda Correia Figueiroa com uma mulher da Fervença que, dizia ele, por nome não perca.

A carta da mãe dizia simplesmente:

> Não era digna de ti, meu filho. Deus bem mo tinha dito, e o coração estalava-me em ânsia de to dizer. Agora, meu filho, ou cumpre o que o tio Fernão te pede, ou faz o que a honra te aconselhar.

E poucas mais expressões de conforto religioso; mas insinuantes como sabem dizê-las as mães, que nunca se temem de corar diante de seus filhos.

A carta de Fernão de Teive era mais prolixa, versando quase toda sobre o casamento de Teodora com Eleutério

Parecem-me dignos de extrato uns relanços desta carta, que eu copiei do original. Não parecem de fidalgo velho, e estranho ao estilo picaresco do folhetim:

...Eu estava em Braga, de visita aos primos Vasconcelos do Tanque, e acaso vi o cortejo nupcial da morgada sem morgadio. Predominavam as éguas de albardão e rabicho na parte equestre do préstito, que era luzido, porque os arreios brilhavam, principalmente as barbelas. O noivo ia desencabrestado, visto que tirara bula para isso quando tirou dispensa do parentesco. A morgada, com a cara relambória, levava ares fulos; e procurava as estrelas ao pino do meio-dia, pasmada de ver que elas não vinham à janela admirá-la. Eu, lembrando-me que a vergontinha da Fervença esteve a querer trepar pelos troncos de Farelães e Numães, dei louvores a Deus, e parabéns aos nossos antepassados!

....

....

Perguntei quem eram os figurões do préstito. O meu sapateiro conhecia quatro. Varreram-se-me da memória os nomes, e só me lembro que levavam cara de terem bebido em jejum à saúde da noiva. O lapuz do noivo queria montar à Marialva; mas o ginete, quando chegou à Cárcova, festejou a suciata com quatro coices que iam apanhando os jarretes da morgada, como amostra dos que ela há de levar do marido

....

....

Tinhas a corte celestial a pedir por ti, Afonso! Quando te deu na veneta ser marido de Teodora, enquanto a mim tinhas lido o folheto que reza de uma que era formosa e sábia. Vai às arcadas do Terreiro do Paço, que lá a encontras pendurada no cordel do livreiro cego. Teodora por Teodora, antes a do papel do mata-borrão, que estoutra é um borrão da tua mocidade, que felizmente o tempo há de gastar ....

....

Agora é tempo de te dizer que tens uma prima, e eu tenho uma filha. Se a queres esposar, vem quando estiveres farto da capital. Está senhora, e foi educada como as senhoras da nossa raça. Aos meus olhos de pai, Mafalda parece-me gentil e esbelta. Em palavras é discreta como se os cabelos, em vez de puro ouro, lhos tivesse embranquecido a experiência. Em ações creio que nenhuma ainda praticou de que me não deva honrar, e bendizer a mãe que a educou, e o sangue ilustre que lhe forma o coração.

Tua mãe compraz-se na minha resolução. Vem gozar as delícias puras duma mocidade bem encaminhada, e recebe a bênção de teu tio.

Fernão de Teive.

Lidas estas cartas, Afonso levou o lenço ao suor da testa e às lágrimas, que lhe caíram a quatro. O tio, já avisado do sucesso de Braga, discursou largamente de pitada no dedo, e os óculos montados, na mais grave das atitudes. Afonso diz que o não ouvira longo tempo, e o abominara depois que o ouvira.

Quisera o desembargador levá-lo consigo na traquitana; mas o moço rebelou-se arrogantemente contra as ordens do velho, já irritado da pertinácia do sobrinho em ficar, terceira noite, fora de casa. Afonso internou-se de corrida entre o arvoredo, num ímpeto de desesperação ou loucura. O magistrado deixou-o, e foi para Lisboa, de onde participou à irmã o resultado das cartas, e aproveitou o ensejo para vaticinar que Afonso ia a caminho da demência a passos de gigante.

Disse-me Afonso que, naquela noite, fora ter a Mafra; e repousara, na madrugada, encostando a cabeça a um degrau do templo. Ao nascer do sol, quis agitar-se em nova caminhada; mas o cavalo, prostrado de fadiga e fome, resistiu impassível à espora. Esta contrariedade, que faria rir o leitor, pungiu acerbamente Afonso. A mais trágica desventura tem uma fisionomia cômica, se bem lha procuramos. Escusável seria o riso de quem observasse o cavaleiro, roxo de febre e cólera, esporeando os ilhais do esbuxado cavalo, decepado de jejuns e correrias árabes pelos descampados, onde seu dono acalmava as vertigens da paixão! Que funesta sorte a do irracional que dá em poder de tal amo! O infeliz, privado do dom da palavra, nem sequer pode questionar com o dono a supremacia da sua racionalidade!

Enquanto o cavalo reparava as forças na manjedoura, Afonso escreveu a sua mãe, pedindo-lhe recursos para se ausentar de Portugal, e licença para se demorar no estrangeiro até poder regressar esquecido de Teodora. Escreveu também ao tio Fernão, lastimando-se de não poder aceitar a felicidade das mãos de sua prima Mafalda.

Feito o propósito de viajar, o frenesi descaiu em sombria mas serena tristeza.

O céu negro abria-se-lhe, a instantes, em relâmpagos de luz. Atirava ele com a alma ao futuro, ao vago, ao sonho indelineável, e retraía-se com ela a uns rápidos assomos de alegria, que não eram senão rebates de esperança, esperanças tão amigas de dezoito anos! Viajar era-lhe já uma ânsia; cria-se resgatado assim das penas, e só assim, que nenhum outro lenitivo humano lhe poderia já valer.

Embevecido nesta esperança, voltou para Lisboa, e recolheu-se tranquilo à casa do desembargador. Ninguém falou em Teodora. As primas forcejavam por distraí-lo sem mostrarem propósito disso. O velho proferia máximas, umas de Sêneca, outras dele, acerca das paixões, abstendo-se, porém, de apontar o alvo onde iam bater as sentenciosas flechas. Afonso, naqueles oito dias, pudera recopilar máximas e provérbios com que, no decurso de longa existência, regesse as suas ações, e repartisse ciência de bem-viver por todas as pessoas transviadas do caminho direito; porém confessa o inatento sobrinho do apotegmático desembargador que apenas se recorda de que eram em latim as máximas de Sêneca, e quase latinas as do tio em virtude do estilo graúdo e filintiano em que as compusera. O certo foi que Afonso não aproveitou nada, nem mesmo o gosto da latinidade.

Mais vernáculo mentor lhe estava reservado, como ao diante se verá.

Num dos dias em que Afonso estava esperando recursos para se expatriar com a sua dor, chegou a Lisboa a fidalga de Ruivães. Afonso, desgostoso da surpresa, bem que as lágrimas o consolassem ao ver sua mãe, receou que ela viesse apostada, com o império dos prantos ou da autoridade, a demovê-lo de viajar. A santa senhora, entrando-lhe na alma, sorriu benignamente, e disse-lhe:

– Eu vim despedir-me de ti, meu filho, já que tu, antes de sair de tua pátria, não quiseste ir abraçar tua velha mãe, e abraçá-la talvez para nunca mais a tornares a ver. Vim eu, sabe Nosso Senhor com que fadigas aqui cheguei. Mas sempre te devo dizer, Afonso; que eu ouvi muitas vezes contar a tuas avós que era costume em nossa geração nunca saírem da pátria para as guerras contra a Espanha os militares ainda mancebos e os generais já encanecidos, sem irem de Lisboa ao Minho despedir-se dos seus, e orar em comum diante da cruz a que suas mães tinham orado com eles tenrinhos nos braços. Este era o uso da nossa família antiga, meu filho, e não sei por que não há de continuar conosco tão salutar costume. Aos pés da cruz a que eles oravam, também eu orei contigo, em meu seio, e lá aprendeste de minha boca as tuas primeiras orações. Sempre pensei que o meu nome ao menos – nome doce de mãe que te estremece – seria algum tanto mais em teu coração, e esse pouco bastaria a que o meu Afonso, disposto a desterrar-se sem mais outra razão que a pouca força de alma, o não havia de fazer, sem me ir dar com antecipação o abraço, que eu lhe pediria nos últimos instantes da vida. Aqui estou eu, pois, meu filho, para te abençoar, e ficar pedindo a Jesus Nosso Pai que te guie, e restitua aos que te ficam chorando. Enquanto a dinheiro, Afonso, tu dirás o que queres, que pronto está. Praza a Deus que ele te não sirva de ruína ou desonra.

O desembargador, que estivera ouvindo esta afetuosa e branda censura, quando a irmã concluiu, foi direito ao sobrinho, bateu-lhe no ombro com severidade, e clamou:

– Acorda, coração de pedra!... Cora de pejo, e doa-te o arrependimento, filho mau!

– Meu mano – disse a senhora –, o nosso Afonso não é mau filho, nem tem ação de que deva corar. Se a tivesse, eu não seria a mãe que sou. O que ele tem é ser infeliz; mas quem o encaminhou nesta má vereda fui eu.

– Tu, Eulália?! Como assim? – perguntou o desembargador interdito.

– Eu, eu fui quem primeiro lhe falou em Teodora e lhe preparou o coração para cativar-se da filha da minha primeira amiga da mocidade. Cuidava eu que o nascimento honrado de Teodora a dispensaria de herdar fidalguia, para que ela fosse excelente esposa de meu filho e digna de o ser do filho da mais ilustre mãe. Eu enganei-me, e ele foi enganado por mim. Afonso apaixonou-se; quando lhe quisemos valer, era tarde; tardiamente aconselhei; e meu filho, se não fosse um anjo, poderia ter-me obrigado a discreto silêncio, quando eu, pouco há, lhe chamei fraco.

Afonso lançou-se, em pranto desfeito, aos braços de D. Eulália; e, após curtos instantes de ofegante silêncio, exclamou:

– Eu não irei viajar, se a sua vontade é essa, minha mãe. Eu tenho em sua alma um tesouro de bens e de alegrias. Viva, minha querida mãe, o que eu mais necessito é da sua vida!

– Graças vos dou, meu Criador e Redentor! – clamou a senhora, muito comovida, com as mãos postas. – Grande é o poder que dais ao coração maternal! Eu não vos merecia tanto, meu Deus!, mas a vossa misericórdia não mede os merecimentos pela aflição com que as mães vos chamam!

E volvendo o rosto ao filho, cobriu-o de beijos, e tomou-o para o seio com o fervor e mimo com que o acariciava na infância.

O magistrado e as filhas solenizavam o espetáculo chorando e rindo de contentamento.

9

Verei se posso repetir, sem inexatidão sensível, o que Afonso de Teive me contou, com seguimento aos sucessos descritos.

– Nenhum rapaz dos meus anos – dizia ele – exerceria tão dolorosa violência sobre o seu espírito. Jurei comigo de nunca mais repetir o nome de Teodora, e mesmo convencer minha mãe de me ter esquecido dela. Eu não sabia a que porta do inferno fora bater, sacrificando-me puerilmente a uns pontos de dignidade, que homem nenhum de anos experimentados conseguiu vingar. Em presença de parentes, e relações de minha família, atava com arames em brasa a máscara da minha agonia, contra a qual minha mãe involuntariamente dardejava insultos. Quando ela me dizia: 'Estás esquecido daquela louca, meu filho!, as minhas orações foram ouvidas no céu' – ou quando meu tio, com alegres gargalhadas, me aplaudia, dizendo: 'Sempre entendi que eras homem, meu rapaz!' – então a minha angústia exacerbava-se, e eu, assim que as atenções me deixavam senhor meu, ia esconder-me a chorar, a chorar com as mãos postas; e, muitas vezes, deste inútil rogar à piedade divina, erguia-me para escrever a Teodora cadernos de papel, que queimava, antes de apagar a luz, ao entrar o sol no meu quarto. Que noites aquelas!...

"Minha mãe deteve-se um mês em Lisboa. Adivinhei-lhe o desejo de me trazer consigo para a província; mas a obediência não podia levar tão longe a abnegação. Recordar estes sítios, ver além os horizontes de Braga, cuidar que ainda havia de encontrar, fortuitamente, Teodora, ou alguém que me falasse das felicidades dela, isto apertava-me tanto a alma, que eu sentia em mim um desfalecimento de coragem, uma quase precisão de pedir a todos em altos brados que me amparassem.

"Então pensei em ir para Coimbra, onde esperava eu que mil rapazes de todas as condições e feitios me arrancariam de mim próprio, e levariam em suas folias, ou me habituariam o espírito às consoladoras ocupações do estudo.

"Minha mãe acedeu prontamente à minha vontade.

"Fui para a universidade, muito escasso de preparatórios, e por isso me matriculei em Filosofia. Logo aos primeiros dias conheci que fora um erro confiar nas distrações juvenis de Coimbra. Alistei-me primeiramente na roda dos moços velhos, gente ridícula; mas duma ridiculez que não distrai ninguém. Cada um parecia que trazia dois oráculos na cabeça; antes de expenderem os seus dogmas, punham-se à escuta da inspiração; e, ao abrirem a boca, a própria Minerva das escadas latinas cuidavam eles que se apeava do soco para escutá-los. Zanguei destas criaturas infestas, e fui-me inscrever na fila dos literatos militantes, gente de pouco saber, de muitas maravilhas, questionadora por necessidade de adivinhar a discutir o que não sabia da leitura, enfim, futuras esperanças da pátria, que bem sabiam que uma diminuta ciência, com muita ousadia, basta para atingir os pináculos sociais. Tinham estes rapazes um jornal. Publiquei sem assinatura uma das muitas poesias que eu tinha escrito nos arvoredos de Belas, nos tempos em que a imagem lacrimosa da reclusa das Ursulinas ia lá comigo a ouvir a voz de Deus nas harmonias da terra. A poesia tinha a religiosa suavidade dum amor que se alivia aos santos enlevos do coração virgem. Os literatos disseram que eu imitava Lamartine, e que mesmo o traduzia quase literalmente em algumas estrofes. Ora eu não tinha ainda lido Lamartine: fui lê-lo, e corei de vergonha pelo grande poeta comparado comigo. Em todo o caso, desgostei-me dos meus colegas por se darem uns ares de tolice muito por aí fora dos limites razoáveis. Passados tempos, dei ao jornal uma outra poesia, fremente de paixão, arrojada, vertiginosa, escrita depois do meu desastre. Os meus colegas avisaram-me de que a academia, lendo a minha ode, declarara que eu traduzira Vítor Hugo. Fui ler depois Vítor Hugo, e lastimei que os soberanos do gênio estivessem sujeitos às chufas de todo o mundo, sem exceção dos literatos meus contemporâneos da universidade.

"Enfadado duns sandeus, que nem mesmo eram recreativos, bandeei-me com os *trocistas*, iniciando-me para isso nas libações homéricas da genebra e conhaque do Troni. À primeira vez que me embriaguei, recobrando o tino, envergonhei-me; lembrou-me minha mãe, e chorei. Não impediu isto que me aturdisse segunda vez. Os meus sócios de delírio diziam que eu, embriagado, era um moço de boa companhia, alegre, sarcástico, irônico, eloquente, e mesmo espirituoso. E, em verdade, das minhas perdas de razão ficavam-me lembranças de ter visto o mundo de outra cor, e de haver idealizado quimeras douradas por novas e esplêndidas auroras de outro amor. Comecei a sentir saudades da embriaguez quando, no uso íntegro das minhas faculdades, me acometiam os terrores da noite infinita do meu coração, horas roubadas ao tormento dos parricidas, asco acerbo a tudo que em volta de mim revelava alegria, ódio mesmo à luz que me mostrava os espectros da natureza, em que noutro tempo a minha alma toda oração, toda absorvida, se evolava em eflúvios de admiração para o Altíssimo.

"Neste perdimento de dignidade terminei o primeiro ano, com aprovação plena, e resolvi passar as férias em Lisboa.

"– Com aprovação plena! – atalhara eu Afonso de Teive.

"– Por que não? – respondeu ele. – As minhas noites eram quase todas desveladas, depois que me recolhia fatigado das assuadas e distúrbios. Se o torpor me não adormecia, a visão de Teodora sentava-se em frente da minha mesa, e dialogava comigo, ela no tom escarnicador da mulher ovante da sua desonra, e eu no acento suplicante de quem já não tem que pedir senão piedade.

"A refugir deste suplício, ferrava com desespero dos livros da aula, relia-os sem compreendê-los; mas esmagado o coração sob as mãos de ferro da vontade, conseguia entender, decorar, e expor com clareza, uma ou outra vez, as ideias dos compêndios. Os meus créditos firmaram-se desde que me estreei vantajosamente numa lição.

"Pediu-me minha mãe que a visitasse em férias, embora me demorasse poucos dias. Sem me negar aos seus desejos, consegui que ela fosse ao Porto passar comigo a estação dos banhos de mar. Anuiu a santa senhora.

"Os meus dias corriam magoados, mas serenos, em Leça da Palmeira, onde se haviam reunido alguns parentes nossos de casas muito distantes umas das outras. Meu tio Fernão concorreu com minha prima Mafalda, que o jovial pai me tinha desenhado sem encarecimento. Fora a minha companheira dos brincos infantis. Viram-na os olhos da minha razão depois à verdadeira luz. Era bela e triste. A seriedade taciturna de Mafalda, se não fosse vaidade de raça, seria um dialogar permanente com o namorado anjo da sua inocência. 'Se eu pudesse amá-la!', dizia eu a minha mãe, que se tornara para mim, naqueles dias menos oprimidos, uma segunda consciência. E minha mãe, com a suma delicadeza da sua virtude, pedia a Mafalda que me obrigasse a falar, que me fizesse ler alguns livros recreativos em voz alta. Instado por minha prima, escolhi a leitura da *Noite do castelo* ou *Os Ciúmes do* bardo. Comecei a ler pelo livro; porém, à segunda página, dei de mão insensivelmente ao livro, e declamei de cor com tamanho entusiasmo, e com a voz tão vibrante de lágrimas, que minha mãe rompeu em soluços, e minha prima empalideceu de assustada da minha intimativa. Aqui tens tu um lance que eu não posso agora relembrar sem rir! O que tudo isto me parece, visto daqui, do alto dos meus tamancos, e através destes óculos de três graus!

"Minha mãe impediu a continuação da leitura, e Mafalda nunca mais desejou ouvir-me. Observei mais arrefecida, e menos atenciosa, minha prima, desde aquela explosão de ciúmes, por conta do poeta Castilho. Isto inquietou-me tão de leve que nem a vaidade me magoou.

"Estávamos em setembro, e eu já tinha entrouxado as malas para voltar a Coimbra. Fui despedir-me dos sítios onde as horas me tinham sido mais tranquilas, na soledade. Velejei num barquinho rio acima, e aproei à ribanceira, de onde se avistava o arruinado e já em parte desfigurado conventinho de extintos franciscanos. À sombra dum arco manuelino, que havia sido a portaria do arrasado templo, meditei nos frades, no convento, no refúgio dos desamparados do mundo, nas lápides profanadas que mãos ímpias arrancaram de sobre as cinzas de muitos corações, extintos com o segredo de sublimes torturas. Meditei, e maldisse a civilização, que fechara os áditos da paz quando a guerra sacudia as suas serpes mais inexorável; maldisse a ilustração, que aluíra a enfermaria dos empestados do vício, quando a peste ardia mais devoradora. A minha angústia era ainda imensa, porque eu não podia dispensar-me de Deus, e dos homens, que apontavam o caminho do melhor mundo.

"Descendo o rio, lá ficavam ainda os olhos e as saudades nas ruinarias do convento. Desembarquei na ponte, onde minha mãe me estava esperando. Detive-me a passear com ela pelo braço, e a referir-lhe as minhas ideias sobre os conventos. A virtuosa senhora rejubilava-se ouvindo-me, e dizia, em raptos de contentamento, que eu estava na mão do Senhor, e que, apesar do mundo, havia de trilhar sempre os vestígios de meus religiosos avós, alguns dos quais tinham morrido mártires da fé nas pelejas dos soldados de Cristo contra os maometanos. Ouvia eu aprazivelmente a crônica de meus ascendentes, gloriosamente mortos na África e no Oriente, quando vi ao longe, na estrada do Porto, à saída de Matosinhos, em direção à ponte, uma senhora cavalgando um alentado cavalo, ao lado dum cavaleiro menos cuidadoso das arremetidas garbosas do seu.

"Minha mãe assestou a luneta, e murmurou: 'Valha-me Nossa Senhora dos Remédios!... Se me não engano...'

"'Quem é?' – atalhei eu. Minha mãe demorou a resposta. Os cavaleiros, no entanto, avizinharam-se a galope. Antes de conhecê-la, adivinhou-a o coração, que me repuxou à cabeça uma onda de sangue... Era Teodora, Teodora, deslumbrante de formosura, gentil como as magníficas quimeras do pincel inspirado, visão que me não parecia para olhos turvados de verem as fealdades desta vida... Não te espante o ardor desta linguagem. Eu fiz agora pé atrás vinte e quatro anos da minha vida, e senti-me reviver naquele momento... Agora, espera um pouco... Deixa-me tomar fôlego, recordando minha mulher e meus filhinhos."

10

Afonso, passados dois minutos, continuou, demudado já o semblante da jovialidade com que principiara:

"– Teodora reconheceu-me. A turbação do meu ânimo era como uma vertigem, e assim mesmo vi-lhe todos os lances dos olhos, todas as linhas alteradas daquele adorável rosto. Fitou-me. Estremeceu; vi-a estremecer na quase paragem convulsiva que fez o cavalo. E eu busquei o apoio do ombro de minha mãe, e senti-me comprimido nos braços dela. E a magia satânica do olhar da bela mulher empederniu-me; arrefeci; daí a pouco era fogo vivo a minha fronte; cuidava que a via ainda; e ela tinha passado. Pus então a mão sobre o meu coração, e já lá encontrei a de minha mãe.

"Caminhamos para casa, e não trocamos palavra. Entrei no meu quarto, lancei-me sobre a cama, abafei o rosto nas almofadas e vinguei-me do meu infortúnio a chorar. Chorei e senti-me desoprimido. Fui ao quarto de minha mãe e achei-a de joelhos orando. Quais lágrimas me deram alívio? Seriam as dela ou as minhas? As dela, que o homem, quando chora, desafoga uma paixão e abafa noutra: a do ódio. Prantos que salvam são os da dor imerecida, os apelos das iniquidades do mundo para o tribunal da Providência. E eu, quando chorava, amaldiçoava, e pedia vingança.

"No dia seguinte fui para Coimbra.

"Concentrei-me com a visão da ponte de Leça. Não me deixou aquele adorado demônio recair na minha miséria da embriaguez. Para quê – dizia eu –, se tenho de voltar à razão para encontrá-la com a tenaz ardente da tortura?

"Quinze dias depois da minha chegada, abri uma carta marcada em Braga. Oscilaram-me as pernas, e cuidei ouvir dentro do peito o despegar-se-me o coração, uma dor que eu não sei se é comum de todas as organizações, dor que eu tenho tantas vezes experimentado, que já a considero aleijão dos vasos sanguíneos. A carta era de Teodora, as linhas muito poucas, e assim, se bem me lembro: 'Foi o mau anjo da minha vida que me levou para onde tu estavas, Afonso. Faltava-me o inferno de hoje. Não bastava o remorso: era necessária a fatalidade do amor, da paixão. Daqui por diante há de rasgar-me o peito a desesperação dos réprobos, que Deus lançou de si. Arrasto-me a teus pés a pedir perdão. Não me amaldiçoes tu de hoje em diante. Se tens padecido, perdoa, e Deus te dê o triunfo na bem-aventurança; se te esqueceste, escarnece-me. Que vingança maior? Adeus. Alegra-te, que eu desejo a morte e ela virá salvar a minha pobre alma deste miserável corpo.'

"Que luta, meu amigo! As horas daquele dia e daquela noite foram uma continuada alternativa de alegria doida e de excruciante agonia! Começava a escrever-lhe, e rasgava logo as cartas, envergonhando-me diante de minha própria consciência. A paixão ia tocando as extremas onde principia a perversão moral. Já me queria parecer que não era indignidade nenhuma responder-lhe eu, quer insultando-a, quer atirando-lhe aos pés com o meu coração infame. Ultrajá-la e adorá-la era então a despótica necessidade da minha cabeça alucinada.

"Eu carecia de um amigo, e não tinha nenhum a quem mostrasse as secretas dores, que escondera de todos. Tive ânsias de uma alma que me escutasse. Lembraram-me todos os que mais tinham convivido comigo. Sem exceção dum só, eram todos fúteis e incapazes de me pouparem à sua zombaria, se me vissem chorar. Sufoquei-me, atirei-me aos braços da minha algoz fantasia, deixei-me dilacerar pelo abutre da soberba, soberba de não ser ridículo em nenhuma das minhas desgraças.

"Passaram três dias. Na minha banca estavam três cartas fechadas, e fragmentos de outras, que eu destinara a Teodora. Abri as cartas, reli-as, tive pejo e tédio de mim, rasguei-as e fui embriagar-me.

"Por quê? Por que não havia eu de ser o que seria todo o homem, abrasado de amor, ou sequioso de vingança? Que tinha que eu, condoendo-me ou escarnecendo-a, lhe perdoasse? Se alguém se rira de mim abandonado dela, que maior vitória queria eu, senão a de fazer risível o marido da mulher castigada por sua mesma abjeção? Esta filosofia hedionda, com que se pavoneia a filáucia de muitos sujeitos, celebrados pela inveja e admiração de outros miseráveis do mesmo formato, quem me privou de a seguir, e aproveitar num caso da vida, em que a minha cura não podia esperar-se da religião, da moral, ou da volubilidade de meu caráter? Não lhe respondi; é o que sei dizer do meu inflexível pundonor dos dezenove anos. Era uma feroz vingança que me infligia à conta do cobarde quebranto em que me deixara a aparição da mulher vil, arreada com as pompas da felicidade.

"O meu segundo ano de Coimbra foi um continuado suicídio. Desbaratei a saúde em toda a espécie de desregramento e libertinagem. Não dei nos olhos da academia, porque, naquele ano de 1846, a fermentação da guerra civil absorvia os espíritos alvorotados dos acadêmicos. Fechou-se a universidade em maio, quando eu, extenuado de insônias e empeçonhado de bebidas estimulantes, caí de cama, com o sincero desejo e alegre esperança de que me não levantaria mais.

"Escondi de minha mãe aquele estado enquanto me não assaltou o remorso de a não chamar ao meu leito, e confessar-me da vileza de alma que me levara a destruir a minha vida por meios tão ignominiosos. Foi esta vergonha que me salvou. Pedi com ânsia e lágrimas aos médicos que me salvassem. Disseram-me que fosse para a Madeira recobrar vigor, e viajasse depois um ano nos países temperados e arborizados. A meu ver a ciência queria dizer no seu receituário que eu estava em vésperas de encetar uma viagem barreiras adentro da eternidade.

"Confiei na juventude, na vontade de viver, e ergui-me. Saí de Coimbra para o Porto. Tentei o meu espírito, animando-me a procurar as montanhas saudosas, os meus queridos pinheirais de Ruivães, os regatos cristalinos, orlados de verduras em que minha mãe me via criança, a colher boninas para lhas entretecer nos cabelos. A minha alma amava então estas coisas com o transporte arroubado e sereno dos tísicos; é que o invólucro já lhe não empecia o filtrar-se nela o calor da luz ideal, aquele calmo ambiente em que se degela o sangue coalhado no coração.

"Venceu o desejo da vida. Isto que, um ano antes, se me antolhou feio e inabitável, aformoseou-mo então o anelo de viver. Até a cor do céu, de onde me choveram as alegrias dos dezesseis anos, me sorria e chamava. Nem já o temor de me encontrar com Teodora pôde conter-me. Que importava? Eu cuidei que a porção de minha essência, cativa do amor dela, se tinha caldeado e vaporado ao fogo, de onde eu saíra refundido, e muito estranho ao homem do outro tempo.

“Surpreendi minha mãe, sentada à sombra da carvalheira da porta, relendo as minhas últimas cartas, escritas com a ternura da alma alumiada pela alva dum melhor dia. Ao contato do peito da virtuosa, senti exuberância de saúde, de alegria e de unção religiosa. Então me considerei estreado em nova existência.

“Esperava eu que se abrisse a universidade para ir a Coimbra repetir o segundo ano, cujas disciplinas nem sequer as tinha visto no índex dos compêndios. Minha mãe dissuadia-me de voltar a Coimbra, dando como desnecessária a formatura a quem não havia de ganhar a vida por ela. Eu, porém, desejava instruir-me; dava-me como necessário recolher ideias que ao depois me aligeirassem no estudo os anos de toda a vida, que eu designara passar na casa, onde meu pai tinha vivido a sua, com todas as ditas da paz. Minha boa mãe transigiu. A doce criatura, acusando-se sempre de motora da minha desgraça, obrigara-se a expiar pela abnegação e condescendência. E, demais, ela temia que, alguma hora, me reaparecesse a visão de Leça.

“Que pressentimento!

“Dias antes da minha destinada partida, fui às Taipas despedir-me de meu tio Fernão, que estava em Caldas. Ao entardecer saí com minha prima Mafalda a passear na carvalheira. Já era escuro quando nos fizemos na volta de casa. Ao atravessarmos a alameda dos banhos, acercou-se de nós um vulto de mulher rebuçado numa capa alvacenta. Mafalda apertou-me o braço convulsivamente. O vulto parou em frente de nós, e disse num tom irônico: ‘Consintam que os contemple na sua felicidade: é um prazer dos felizes verem-se admirados.’

“Reconheci a voz de Teodora. Mafalda sentiu o tremor de meu braço e reconheceu-a também de instinto.

"Desviei-me do caminho trilhado para seguir avante. Teodora deixou cair a dobra da capa, em que ocultava meio rosto, e disse num tom arrogante: 'Veja, Sr. Afonso de Teive! Veja, que ainda sou formosa! O coração está esmagado; mas a face ainda conserva as graças que poderiam arrebatar maior alma que a sua.'

"Deteve-se alguns segundos arquejante; eu ouvia-lhe o latejar do alto seio no frêmito de seda do corpete. Depois, com um gesto de arremesso, lançou-me aos pés um volume e afastou-se a passo rápido.

"Levantei o objeto arremessado e conheci que eram papéis e um objeto de mais solidez; deviam de ser as minhas cartas. O restante que seria?!

"Mafalda ia murmurando: 'Que mulher, santo Deus! que ousadia!... Eu bem desconfiava que era ela. Quando tu estavas a dormir esta tarde, vi passar esta mesma criatura, assim encapotada sobre um grande cavalo, com um criado de farda. Tua mãe tinha-me dito como a vira em Leça, e meu pai descreveu-ma tão pelo miúdo que a adivinhei. Não to disse, e pedi a Deus que te levasse depressa daqui...' 'Não receies, minha boa prima', disse eu a Mafalda, 'que esta mulher na minha vida, já agora, apenas pode ser um estorvo de três minutos, quando eu passeio nas Caldas.' Minha prima replicou: 'Não te iludas, meu primo: esta mulher é a tua sina maldita.'

"Sorri-me, e fui examinar o pacote. Eram as cartas cintadas com uma fita preta, e desta fita pendia uma pequena chave; era também uma caixinha de tartaruga fechada. Entendi que a chave pertencia à caixa. Abri-a, e vi uma trança de cabelos, com três flores ressequidas compostas entre as madeixas, como se as estivessem enfeitando. Reconheci as três flores: tinha-lhas eu levado do jardim de minha mãe, em dia dos seus anos.

"Tirei a trança e, insensivelmente, a contemplá-la, achei que a tinha perto dos lábios. Circunvaguei os olhos, a examinar que me não vissem. Estava sozinho, e fechado... Beijei os cabelos de Teodora, meu amigo! Peço-te desculpa de não corar agora: consinto, porém, que, se alguma vez escreveres esta história, ponhas seis pontos de admiração, quando chegares aqui e discorras o melhor que souberes e puderes acerca da miséria do bruto que chora, e beija tranças de cabelos, do bruto que ri de seu mesmo vilipêndio, do bruto, enfim, chamado *homem*.

"Ia depor as madeixas no cofre, receoso de alguma surpresa, e então vi um papel dobrado no fundo da caixinha. Era uma carta. Escondi-a sofregamente, fechei os cabelos, escondi o cofre e as minhas cartas no saco de noite e, palpitante de comoção, saí do meu quarto, e fui respirar no escuro duma varanda, onde presumia não encontrar alguém.

"Apenas sorvi um hausto de ar, que me chegou ao coração impregnado das auras balsâmicas da minha mocidade, ouvi um respirar alto e tremente.

"Fui à extrema da varanda, e vi minha prima, com as faces entre as mãos, repuxando ao seio os soluços com ansiada violência. Chamei-a carinhosamente. Interroguei-a. Quando bem a compreendi, não sei dizer-te que entranhado compungimento me cortou a alma! Caíram-me nas mãos as lágrimas de Mafalda... Perguntei-lhe por que chorava. Respondeu-me: 'São as primeiras lágrimas: é por ti que as choro, meu primo. Deus deixa-te perder... Não há ninguém que te possa salvar daquela mulher.' E, desprendendo-se das minhas mãos, fugiu a soluçar.

"Eu levantei os olhos ao céu, e disse, em meu espírito, com terror quase infantil:

"'Não deixeis que eu me despenhe no mesmo abismo, de onde a vossa misericórdia não tem querido salvar-me!'

"E cuidei que o céu se abria à minha oração com um milagre.

"A imagem de Teodora passou ante mim; vi-a repulsiva, abjeta, vilíssima, e prostituída. Súbito, num disco luminoso, desenhou-se-me o vulto angelical de Mafalda, com a face em lágrimas, humilde como uma santa e ao mesmo tempo altiva como a virtude sem nódoa.

"Amei então minha prima; todas as estrelas do céu ma estavam bem-fadando para mim; todos os rumores da noite diziam comigo um hino ao Senhor que me descativara das ciladas da mulher fatal, que no descaro mesmo da sua audácia me fascinara, e com aqueles cabelos tecera o baraço de estrangulação da minha dignidade.

"Fui, fervoroso de ternura, em busca de minha prima. Encontrei-a à cabeceira do leito de seu pai. Chamou-me o tio para os pés da sua cama. Sentei-me com inquieta alegria. O velho achou-me outro em olhar, em tom de voz, em ar de rosto. Queria saber o segredo da transformação. Perguntava a Mafalda se o sabia. A menina sorria com aquela distinta angústia que lacera a alma sorrindo, porque as lágrimas só servem para exprimir os sofrimentos comuns.

"Assisti ao chá de meu tio, pedi-lhe a bênção, e recolhi-me ao meu quarto. Minha prima despediu-se de mim sem me fitar no rosto. A sua natural altivez sofria, depois que a surpreendera chorando, provavelmente. Este resguardo aumentou a divinização de Mafalda.

"Fechado na minha alcova, abri a carta de Teodora. Está neste maço lacrado, há catorze anos. Quebre-se o lacre, por amor da autenticidade da história... Aqui tens. Lê tu, enquanto eu dou folga aos pulmões. Há muito ano que não falei tanto tempo!"

Li a carta de Teodora, cujo traslado segue:

> Quem te disse a ti que eu tinha caído diante de mim mesma, Afonso?
>
> Quando te dei eu direito de supor que o teu silêncio, em resposta a um grito do coração, me esmagaria os brios de mulher, que, dum sopro, faz saltar de suas vestes a lama do teu desprezo?
>
> Quando eu te apareci magnífica de dedicação, fizeste-te mesquinho tu. As minhas lágrimas figuraram-se-te o pus dum coração corrompido; e eram soro do mais nobre sangue.

Não pudeste chegar com a fronte à altura da minha, e apedrejaste-ma!

Quem cuidas tu que és, soberbo senhor, que voltas o rosto da tua escrava, e não sabes sequer usar a misericórdia de dizer à mulher, que te ama, que não seja infame, amando-te?!

Neste ponto suspendi eu a leitura, tomei a respiração, e disse:

– Esta senhora tem estilo ou eu não entendo nada de estilos! Que interrogatório!

– Podes rir, que eu também cá estou mordendo os beiços para não espirrar uma casquinada na cara do antigo Afonso de Teive – disse o meu amigo.

– Mas o estilo – tornei sinceramente agradado da leitura – o estilo aqui não pode ser a mulher: aqui, há, pelo menos, a triple inteligência de três escritores de melenas sacudidas aos quatro ventos da inspiração! Por Hércules! Isto sim que é mulher... e "aqui há que ver", como diz o Garrett.

– E que ler – ajuntou Afonso de Teive. – Continua, se queres.

Perfilei as minhas faculdades inteligentes, e segui a leitura.

A contas, homem de ferro, que endureceste o teu frágil barro de outro tempo ao fogo de baixas paixões, a contas com a mulher desprezível!

Que fazias tu quando eu me estorcia de saudades de ti, e dores do meu cativeiro, dentro das grades das Ursulinas?

Quando soubeste que a tirania me fechava a sete chaves numa cela, e me media os átomos de ar, que eu respirava a furto, que fazias tu para resgatar os quinze anos de uma mulher que queria o sol das flores, das aves, dos mendigos, do último verme que se arrasta e cumpre o seu destino debaixo dos olhos de Deus?!

– Parece-me – refleti eu – que esta senhora arredonda ambiciosamente os períodos, meu caro Afonso; e, se me dás licença, direi que há estilo demais neste período!... Estou morto por te perguntar que impressão te fazia isto há quinze anos!...

– Lê e no fim falaremos – disse Afonso. E eu li:

Não respondas. A vil, a abjeta, a desgraçada é generosa. Não respondas. Ri, e escuta.

Abandonada por ti, enganada, não sei por que nem com que fim, por tua mãe, achei-me fraca para cruzar os braços, e esperar a morte. À borda do abismo, vi uma tábua de salvação. Sabia que, segurando-me nela, as mãos se rasgariam em chagas incuráveis. Sabia-o; mas agarrei-me à tábua de salvação. Escutei a desgraça; que não tinha outro anjo, nem outro demônio que me aconselhasse. Escutei-a, e aceitei o marido que ela me deu. Perdi-me para a vida da alma; mas encontrei a vida dos olhos e dos ouvidos, e do seio, onde me roía a serpente da soledade e do desabrigo.

Vi árvores, vi estrelas, ouvi os cânticos da terra e os amorosos murmúrios da natureza festiva. No centro do mundo era eu a única mulher sem mãe, sem pai, sem amigo, sem coração que se abrisse às cinzas do meu. Não importa. Via o sol no firmamento; e para além do sol, a infinita luz dos que bendisseram a mão do Senhor que, à sua vontade, desdobra um crepe de trevas sobre os corações, que, em inocência, não ousam interrogá-lo como Jó!

– De mais a mais – refleti eu –, lida nos livros sagrados!... Posso, sem indiscrição, perguntar se a autora desta carta morreu ou vive escorreitamente?

– Espera que a concatenação dos fatos te elucide – respondeu Afonso.

Prossegui, lendo, com espanto maior que o meu costume, se acerto de topar coisas escritas por pessoas de juízo duvidoso:

Transbordou um dia a amargura de minha alma. Não sabia onde me levava a vertigem. Corri léguas. As árvores que gemiam um som, as fontes que tinham uma voz, os trovões que estalavam do céu de bronze, as catadupas que bramiam no despenhadeiro, tudo me dizia o teu nome. Corri as montanhas que nos viram meninos; reconheci a fraga onde nossas mães se sentavam; orei à cruz de pedra, que está na quebrada da serra. E não te vi. Dois meses te procurei, sem balbuciar o teu nome. E, quando há um ano te avistei encostado ao ombro de tua mãe, a voz do meu orgulho de desgraçada disse-me: Se ela quiser que tu te percas por ele, amanhã não terás honra, nem família, nem marido, nem criatura sobre a terra que te não insulte.

E escrevi-te, Afonso! Aquele papel era uma renunciação, aquelas palavras queriam dizer. – Dá-me a perdição como salvamento; dá-me a infâmia como glória; o mundo vai apedrejar-me, e eu cuidarei que ele me aclama virtuosa; todas as devassas me julgarão indigna delas; eu, contente da minha desonra, estenderei benignamente a mão a todas as miseráveis que ma cuspirem.

E tu, Afonso? Como me julgaste morta para a virtude, aproximaste-te do cadáver, puseste-lhe sobre o peito um pé, calcaste, viste-lhe nos lábios o sangue do coração, e escarraste-lhe!

Voltei do outro mundo. A mulher, que viste há pouco, era um fantasma. Os cabelos negros, que adornaste com três flores naqueles formosos quinze anos, caíram-te aos pés. As flores vêm aradas do fogo do inferno. O fantasma voltou às suas labaredas, para nunca mais te crestar o riso dos lábios com as chamas dos seus olhos. Vai tu ao céu, e pede a Deus que me deixe adorar-te na eternidade das penas. Pede-lhe que me dê eternidade para a expiação, e eternidade para o amor. Adeus.

Não sei bem dizer de onde me vieram as lágrimas. Sei que terminei a leitura da carta já quando os olhos mal discriminavam as letras.

Como a gente, às vezes, chora!...

Era o estilo!

11

Sorriu Afonso do meu melindroso sentimentalismo, retorceu distraidamente os longos bigodes por sobre a barba listrada de fascículos brancos, afogueou o seu cachimbo de barro negro, e continuou.

– Eu é que verdadeiramente chorava, quando acabei de ler esse papel. Ficas sabendo a impressão que em mim fez a carta de Teodora. Não há vergonha que eu omita nesta confissão geral. Sou o juiz do homem que fui. Julguei-me e condenei-me ao opróbrio de levantar da lama o coração velho, e mostrá-lo com náusea ao enojo dos que vão passando...

"– Mas eu não vejo aí coisa indecorosa de que te envergonhes!... – atalhei.

"– Vês, pelo menos, a baixeza do meu espírito, senão antes a crassa sandice de pensar que as acusações de Teodora estavam justificadas por essa frandulagem de palavras sonoras e apóstrofes melodramáticas. O castigo da minha misérrima estupidez virá depois... Lá chegaremos.

"Li terceira vez a carta, e abri a janela do meu quarto. O vento ramalhava nas carvalheiras, e o céu daquela noite não tinha uma estrela. Apeteci embrenhar-me na escuridão do arvoredo. Abri de manso a porta do meu quarto, e, pé ante pé, ganhei a varanda de onde era fácil o saltar à rua. Acabava eu de saltar, quando, do escuro de uma janela contígua à varanda, me surdiu a voz de Mafalda. 'Não tinhas necessidade de saltar, primo', disse ela. 'Chamasses que se te abriam as portas.'

"'Estás a pé ainda, minha prima?', perguntei eu corrido da surpresa, e algum tanto contrariado da espionagem. 'Nunca me deito mais cedo', respondeu ela com brandura. 'Quando as noites são assim tristes, gosto de as ver... Está vento, primo', continuou retirando-se; 'não estejas aí ao ar desamparado. Boas noites.'

"E fechou rapidamente a janela.

"Encaminhei-me à alameda dos banhos, na inepta esperança de ver ali os vestígios de Teodora, ou não sei se ela mesma. Não sei ao que ia. E impossível explicar o intento que nos impele em casos semelhantes, quando a gente, alguns anos depois, inquire de si mesmo o sentido das suas intenções: são atos estranhos à razão, dos quais só pode desculpar-se o delírio. A verdade é que eu fui à alameda, e andei, palmo a palmo, recordando-me do local em que ela me saiu, e a direção que tomara na retirada. Sentei-me num dos bancos de pedra, e conjeturei se ela teria estado ali sentada. Cerrei ouvidos a todos os rumores para escutar o som das palavras de Teodora, que me ecoavam do íntimo do coração. Atirei com a alma suplicante e desesperada àquele céu de bronze, negro como ela. Pedia a Deus o esquecimento da mulher, com a veemência do justo atribulado que pede a coroa do triunfo.

"Levantei-me, e andei por as trevas, esbarrando nas árvores, e refrigerando o fogo da testa e mãos nas fontes e charcos que topava. Ao raiar da manhã, estava eu nas raízes da Falperra. Senhoreou-me então um sono letárgico e invencível. Adormeci com a face encostada à raiz duma árvore, e acordei, coberto de camarinhas de orvalho, ao calor dos primeiros raios de sol. Retrocedi pela estrada das Taipas, e entrei em casa, quando meu tio Fernão, admirado da minha falta, andava indagando dos criados se eu saíra de madrugada.

"Mafalda apareceu-me com o semblante pálido, os olhos raiados de muito chorar, e o azul-violeta das olheiras carregado e distendido até meia-face. Meu tio ligeiramente aludiu à minha falta, na presença da filha. Saímos da mesa de almoço e entramos na sala, onde Mafalda recordava as suas músicas ao piano, e, algumas vezes, se acompanhava cantando. Neste dia, a adorável penitente sentou-se ao piano; e, com uma só das mãos, dedilhou umas toadas monótonas, mas celestialmente saudosas e melancólicas. O velho acenou-me, a ocultas da filha. Segui-o; saímos, e caminhamos a pé na direção das ruínas de Citânia. A meio caminho estava uma casa alagada, com uns lanços de muro ainda em pé. O velho avizinhou-se das ruínas, estendeu o braço com o indicador apontado, e disse: 'Aqueles pardieiros pertenceram a teu tio-avô Cristóvão de Teive. Naquele tempo os homens de vida infamada, quando os últimos invernos lhes geavam na cabeça, e os sinos, dobrando a finados, lhes atraíam os olhos para a sepultura, o remorso penetrava-os até ao âmago, e estorcia-os nas roscas das suas mil víboras, até que Deus se amerceava deles, e os tomava para o seu tribunal. Teu tio-avô foi um mau desgraçado. O amor de uma mulher da corte entrou-lhe no coração, e apodreceu-lho à força de lhe derramar o sangue com as torturas da perfídia. O moço empestado veio para a província, e cevou o seu ódio em quantas vítimas pôde surpreender adormecidas no regaço do seu anjo de inocência. Aos quarenta anos, pesou sobre ele a maldição de Deus. Desde a raiz dos cabelos até à raiz das unhas chagou-se-lhe o corpo de lepra. De repente, em redor dele, fez-se uma solidão horrenda. Desampararam-no todos. Nem os enjeitadinhos, indigitados como filhos dele, ousavam chegar-lhe um púcaro de água. Cristóvão de Teive tinha esta casa, aqui afastada de vizinhos, construída não sei para que fim há três séculos. Aqui se encerrou e viveu quinze anos aquele vivo amortalhado nas úlceras da sua pele. A sua companhia era a ama, que o amamentara, e que Deus, em recompensa, preservou da terribilíssima enfermidade. Morreu desamparado, legando esta casa à mulher que lhe cerrara as pálpebras. A enfermeira foi após ele, devolvendo a casa aos herdeiros de seu amo. Cinquenta anos depois, quando eu vim aqui, encontrei estes pardieiros. Dos nossos parentes ninguém pôs pé adentro das soleiras, que ali estão, onde existiram as portas...'

"Deteve-se meu tio breves instantes, e concluiu: 'Afonso, o divino Mestre doutrinava com parábolas: o homem destes calamitosos tempos moraliza com exemplos. Teu tio-avô começou como tu: vê tu, meu sobrinho, se vingas um correr de vida melhor que o dele. Se uma mulher te cancerou o peito, esconde-te, depura-te, faz-te bom, e depois volve ao mundo a procurar a felicidade do coração. Enquanto esse dia de regeneração não chegar, foge das mulheres puras. Eu tenho uma filha única, um tesouro que Deus me confiou. Minha filha chora por ti. Afonso, se as lágrimas dela te não resgatam das presas duma mulher perdida, foge, e foge hoje mesmo. Agora, silêncio, Afonso...'

"Na madrugada do dia seguinte, saí das Taipas, e fui para Ruivães. Dias depois, desisti do plano de me formar, e fui para o Porto. Saía um vapor para Liverpool: embarquei, e estive na Inglaterra; passei a França; e de França fui residir na Suíça uns seis meses. O arrependimento de deixar minha mãe e a minha terra seguiu-me sempre. Resolvi regressar por muitas vezes; mas, fatalmente, a primeira imagem que eu via, voltando em espírito à pátria, não era a de minha mãe! Ela sempre, Teodora sempre!

"Ao cabo de um ano de expatriação, voltei para o Porto. Dava-me então como curado. A memória dela era já fria: o pulso não se acelerava, nem do coração me subia à cabeça um golfo ardente de sangue. Fui alegrar minha mãe, ao lado da qual encontrei Mafalda, que lhe assistia à convalescença duma perigosa enfermidade. Notei sensível mudança no rosto de minha prima. Os risos do anjo tinham ascendido ao céu no perfume de suas orações. A coruscante luz daqueles olhos tinham-na apagado os prantos. As madeixas caíam-lhe soltas sem flores, sem ornatos, como dons de quem os esquece, ou não sabe de que eles valham às venturas da existência. Porém, formosa da auréola santa da dor sem culpa. Que paixão me avassalou naqueles primeiros dias! Com que religiosidade eu beijava a mão de minha mãe aquecida pelos lábios dela! Recordo-me de a encontrar sozinha no pomar. Sentei-me ao lado da mulher puríssima. Tomei-lhe com súbita sofreguidão os dedos que me ofereciam um pomo. Não ousei beijar-lhos... apenas balbuciei: 'Minha querida irmã!...' Mafalda respondeu: 'Deves assim chamar-me, porque eu já me afiz a chamar minha mãe à tua, meu primo.'

"A paz dos primeiros dias, aquele suave repousar do espírito, entre as duas caridosas almas, que mo distraíam com as indizíveis doçuras da domesticidade, durou menos de três semanas. Ao sentir-me fatigado da igualdade de todas as horas, angustiei-me, e cobrei horror do meu futuro. 'Que abominável homem sou!', dizia eu no meu íntimo senso, repelindo-me a mim próprio com uma restante força de virtude. 'Se me repugna o crime, por que a não esqueço? Se a não posso esquecer, para que me devoro nestas cobardes tentativas de lhe fugir? Odeio-a, e em minha alma lhe exoro perdão deste ódio. Se me dói o coração saudoso dela, abomino-me, e recurvo sobre mim próprio as unhas desta feroz paixão.'

"A fugir de mim mesmo, ia abrigar-me sob os olhos de Mafalda. Ela via nos meus olhares a submissão imploradora, e não entendia a cobarde procedência daquele fitá-la com tanta brandura. Apreciou-me erradamente. Teve-se em conta de amada. E, quando eu mais atormentado pelejava com a visão de Leça e da alameda das Caldas, Mafalda reavia do céu os júbilos de outros dias, e a púrpura do rosto. A compadecida amargura, com que eu a fitava, afigurara-se à ingênua menina a expressão do amor contemplativo, como ela o sentira e escondera sempre de todos, salvo de seu pai.

"Minha mãe, a ocultas da sobrinha, perguntava-me a respeito dela coisas, cujo fito estava posto no casamento. Eu respondia a verdade, como se Deus necessitasse interrogar a minha consciência. Mostrava receios de ter desbaratado as flores do coração, ao apuro de não ter já virtudes que me fizessem um digno esposo dela. Minha mãe não podia entender-me; obrigava-me suavemente a explicações, e, ouvindo-me, dizia soluçante: 'Não se quebrou ainda o fatal encantamento!... Deus te salve, meu desgraçado filho!'

"A quarenta passos de distância de minha casa está uma cruz de pedra tosca, sobre uma peanha de cantaria. A esta cruz se referia Teodora na carta que leste. Quando ela tinha seis anos, esteve com sua mãe uma temporada em nossa casa, e voltou ali aos nove. Algumas vezes nossas mães se sentaram nos degraus do cruzeiro enquanto nós, com vergônteas floridas de acácias e árvores de fruta, tecíamos uns desajeitados festões que pendurávamos dos braços da cruz.

"Levou-me para lá o coração dez anos depois. Sentei-me na peanha da cruz. Acaso relanceei os olhos pela pedra, que lhe formava o soco, e vi letras. Reparei, e reconheci os caracteres de Teodora. Eram duas datas: *5 de junho de 1848*, com a assinatura inicial *T. P.* Seguia-se a outra, em letras mais de fresco: *10 de setembro de 1849*, com as mesmas iniciais, e as seguintes palavras: *Aqui veio orar a alma penada*. Eu estava então em 15 de setembro daquele ano. Cinco dias antes, pois, aí tinha estado Teodora.

"Recolhi-me com febre. À celestial graça de Mafalda, que me saiu ao tope da escada, respondi com uma afetuosidade falsa. Importunava-me o anjo. Eu queria então uma orgia infernal. Queria arder e palpitar no deleite sequioso, que zomba dos deveres, e insulta o espantalho da moral, impassível carrasco das organizações ardentes. O aspecto mavioso de Mafalda era uma lança que me traspassava. Fugi-lhe, e, por alguns dias, raras horas nos encontramos.

"Voltei novamente ao cruzeiro. Do braço esquerdo da cruz pendia uma coroa de flores do campo; e, na base, inscrita outra data: *20 de setembro de 1849 – Meia-noite – O sol da manhã queimará as flores; mas o braço da cruz redentora permanecerá aberto para os desgraçados. T. P.*

"Eu queria esconder de minha mãe estas inscrições, feitas a lápis. Embebi um lenço em água, e desfi-las. Hei de agora confessar-te que a pertinácia de Teodora, por algumas horas, me pareceu ridícula."

– Também a mim me está parecendo isso, ainda agora – observei eu, animado pela confissão da pessoa menos idônea para embicar no irrisório romanticismo da esposa de Eleutério Romão dos Santos.

– Mas – prosseguiu Afonso de Teive – esta judiciosa crítica, no dia seguinte, converteu-se em piedade...

– Em amor – atalhei.

– Amor, sim, amor indomável, amor faminto de vê-la e de ouvi-la, de chorar com ela, de arrebatá-la ao marido, e insultar a sociedade e Deus na posse dela.

"Esporeava-me este desígnio, quando entrei em casa. Minha prima estava na primeira sala. Ergueu-se. Tomou-me com brandura a mão, levou-a ao coração arquejante, e disse-me: '*Os braços da cruz redentora estão sempre abertos para os desgraçados*. As palavras, embora escritas por mão criminosa, são santas. Meu pobre Afonso, já que ela te deu a desgraça, aceita-lhe também o conselho.' Beijou-me a palma da mão, e saiu da sala.

"Mafalda tinha visto, primeiro que eu, as palavras de Teodora. Compreendera o mistério, resistira ao ímpeto de as tirar, e, desde aquela hora, prometera a Deus exercitar todos os recursos de seu coração para me acautelar das cavilações da mulher ardilosa.

"Que poderia fazer a simples criatura? O infinito das forças humanas fez ela em meu resgate; mas muito já por noite dentro de minha vida lhe havia de conceder o céu um pleno domínio em minha razão.

"Logo ao outro dia, Mafalda pediu-me que saísse com ela a um passeio longe por esses pinhais fora ao mosteiro de Landim.

"'Sozinhos?' lhe perguntei. 'Por que não? Sozinhos, com os nossos anjos da guarda, e o coração de tua mãe conosco, meu querido Afonso.'

"Saímos. Mafalda ia taciturna. De encontro ao meu braço direito batia-lhe o coração com celeridade irregular. E eu sentia um enleio, uma constrição de alma, que não atinava com os termos comuns duma palestra entre dois primos. No alto dum cerro, de onde havíamos de descer para umas veigas, Mafalda sentou-se e abrangeu com os olhos lagrimosos a redondeza dos horizontes. Perguntei-lhe que razão tinha para chorar. Respondeu-me que a mortificava a ideia de me ver ir talvez para sempre do lado de minha mãe e dos parentes que me estremeciam.

"'Quem te disse que eu deixo minha mãe e parentes?' redargui. 'Dizes-mo tu, se eu to perguntar com as mãos postas', respondeu ela, pondo as mãos em súplica.

"Tartamudeei confusamente. As minhas palavras vinham falsificadas do espírito. Aqueceram-se-me as faces, porque eu não estava afeito a mentir. O coração teve quinhão deste pejo: a meiga criatura, que me interrogava, tinha uns ares de divinização, que me incutiam uma espécie de escrúpulo religioso.

"'Vejo que te aflijo, meu primo', interrompeu Mafalda. 'És ainda bom, que não podes mentir à tua amiga. Queres ir ao teu destino... Vai, mas... escuta-me...'

"Seguiu-se um longo silêncio, que ela mesma interrompeu, exclamando em pranto desfeito: 'Não posso!... A Virgem do céu não ouviu os meus rogos!...'

"Acariciei-a com o melindre de irmão, instando-a a que falasse. Articulou ainda algumas palavras desatadas, fáceis, porém, de se ligarem em meu espírito prevenido. Atalhei-a muito comovido, nestes termos: 'Deves ter direto instinto do céu, minha prima, porque a tua alma virginal é pura de toda a falsidade, e não pode ser enganada. Sabes que eu vou fugir, sem ter anunciado a nossa mãe este novo golpe. Fujo, minha irmã, porque entre a tua celestial dedicação e as minhas desvairadas paixões está o infinito. Tu és a criatura que ainda não sonhou o mal, sedenta duma alma cheia das crenças da juventude. Vês a minha vida, posta em assédio pelas tentativas da mulher única do meu amor, da mulher perdida para mim e para si própria... observas isto com teus olhos inexperientes, e pasmas do poder infernal desta mulher. Oh! que Deus te livre de ainda veres o mundo despido das vestes que a tua candura lhe empresta! Deus te poupe a debruçares-te sobre o abismo de onde se tira a luz, ao clarão da qual se observam as chagas da sociedade. Esconde-te de mim, e de todo o homem que viu o mundo; esconde-te, anjo do paraíso, para que nenhum homem te diga o que viu. Eu não sei como ousaria contar-te as minhas desventuras, Mafalda. A tua linguagem perdia, quando saí destas florestas, onde nós nos entendíamos como as avezinhas do céu se entendem. Que hei de eu dizer-te hoje? Com que termos te mostrarei a minha indignidade?'

"Mafalda pôs-me com muita suavidade a mão na boca, e disse: 'Não digas mais nada, meu irmão, que já disseste tudo... *A mulher única do teu amor... a mulher única do teu amor é...* ela!...' Os soluços embargaram-lhe a voz. Faleceram-me a mim espíritos com que tentasse consolá-la. Todas as palavras, sem veemência de dentro, seriam pálidas e vãs. Mentir, bem que eu pudesse, de que serviria?... O meu silêncio era angustioso. Recriminava-me por me ter exposto àquele diálogo...

"Com satisfação a vi erguer-se, e dizer-me: 'Voltemos, primo?... Vamos para casa. Não percas instantes da companhia de tua mãe. Vamos...'

"Neste momento, à raiz da serra, onde ia a estrada de Landim, passava uma mulher cavalgando a galope. Ia sozinha. Eu não a tinha visto ainda, quando Mafalda, apontando-a com o braço trêmulo, disse: '*A mulher única do teu amor...*'

"Neste instante, esqueci o anjo, que me estava ali chorando, não sei mesmo se desejei que Deus o chamasse para a sua pátria; e adorei o demônio, que passava lá embaixo, com o véu esvoaçante, por entre nuvens de pó, sacudidas das patas do arremessado cavalo."

12

Cerravam-se cada dia mais espessas as trevas em volta do perplexo ânimo de Afonso de Teive. A obsessão de Teodora não lhe dava tréguas. Nas circunvizinhanças de Ruivães já se fazia reparada a amazona, umas vezes sozinha, outras seguida do lacaio, e algumas vezes ao lado do marido, a quem ela não prestava mais atenção que ao lacaio. Afonso, enquanto a mim, resistindo à tentação, iniciava-se para consorciar-se no reino celestial com os santos da sua família, mortos sob o estandarte da cruz; mas, a juízo de muita gente, muito menos beneméritos da auréola da santidade. Morrer com o céu a abrir-se além no horizonte, ouvindo já os hinos dos anjos, é glorioso e exultante; porém, morrer gotejando em lágrimas o sangue do coração, sem visões bem-aventuradas, sem estímulo de predestinado, morrer do amor de uma mulher que se arrasta submissa aos pés do triunfador que a despreza e adora... sublime extravagância, se querem que lhe eu não chame santíssimo martírio!

A mãe do lastimável moço, antes de avisada da intentada partida dele, resolveu impor-lhe o seu arbítrio de mãe com severidade. Informada por Fernão de Teive, sabia que Teodora fazia miúdas investidas às redondezas de Ruivães e que Afonso não era estranho, bem que a não houvesse encontrado, aos planos da impudente mulher.

A palavra "adultério", no espírito de D. Eulália, tinha uma significação de horror, como se o crime não tivesse exemplo na humanidade, nem remorso que o contrapesasse na balança da misericórdia divina. O pavor de que um filho seu, um descendente de santos, e pelo menos honrados varões, pudesse dar ao mundo o escândalo de tamanha perversidade, acendeu-a em louvável indignação. Inesperadamente é chamado Afonso ao quarto de sua mãe para ouvir estas pesadas e secas palavras:

– Eu preciso de morrer em paz com todo o mundo, que nunca escandalizei, penso eu, e Deus me perdoe se a minha vaidade me faz esquecer as culpas. Enquanto viva, peço-te como amiga, se não devo antes ordenar-te como mãe, que me poupes à vergonha de esconder a face, quando me pedirem contas dos sentimentos de religião e honra que te insinuei na alma. Temo que me perguntem que fiz eu da herança, que teu pai fiou de mim para te eu ir entregando, assim que tivesses razão para recebê-la... herança de virtude e probidade que tu levas em princípio de desbarate. Mando-te que te retires para longe desta terra. Vai para Lisboa, se te agrada; ou vai viajar, se antes queres. É bom que saibas os cabedais que tens. A tua casa rende seis mil cruzados: conta com eles, e com o valor das propriedades, se, para salvação de tua honra, precisares que elas se vendam. Não voltes para mim sem me poderes jurar pelas cinzas de teu pai que a lembrança pecaminosa de Teodora morreu em teu coração. Deus Nosso Senhor te abençoe, filho. A minha última oração será rogar ao Criador que te restitua à casa onde as gerações legaram umas às outras a tradição de grandes serviços a Deus ligados a grandes serviços à pátria: religião, honra e trabalho, o nobre trabalho da espada de uns, e da ciência de outros. Tu sais da trilha de teus avós, consumindo tua mocidade em dissabores de que ninguém, senão eu, pode compadecer-se. Vai. Se puderes, sê forte, sê homem. Se a última fraqueza te levar ao último crime, guarda ao menos uma parte da alma para a contrição no remate da vida.

Nunca, até àquela hora, Afonso vira e ouvira assim sua mãe. Mesmo na admoestação, denotara sempre o pesar com que o fazia; e para o compensar da mágoa, acudia logo com as carícias.

Por causa de Teodora, as repreensões eram sempre disfarçadas na grave mas doce persuasão do conselho. Querer afastá-lo de si, nem por sombra de palavra o indicara nunca. E agora, no semblante, na rigidez da frase, na postura do rosto e arrugado da testa, Afonso achou tanta mudança para espantar-se como afligir-se.

Ia ele responder, e ela, para logo, dum gesto de silêncio, o fez calar, dizendo:

– Não te quero ouvir: Deus que te ouça; vai. Cá fico eu velando os dias desta menina, mas que teve a desventura de te amar. Consolar-nos-emos eu e ela, orando por ti. Amanhã partirás. Tua mãe ordena.

Afonso, ao despedir-se de sua mãe, teve a intuição de que a não veria mais. A maior agonia da sua vida, até àquele momento, foi essa. Ajoelhou-se a beijar-lhe as mãos, que molhou de lágrimas. E ela abençoou-o serenamente, com os olhos no crucifixo do seu oratório. Ao lado deles, estava Mafalda, lívida, hirta, transida dum frio, que a fazia tiritar. Não chorava. Podia comparar-se a sua atribulação à da mãe que também tinha enxutos os olhos. Porém, quando Afonso lhe estendeu a mão, e disse: "Adeus!", ela arrancou do íntimo um cortante grito, e lançou-se nos braços dele, debulhada em pranto.

13

Foi Afonso de Teive para Lisboa. Como ia desgostoso e intratável, rejeitou a aposentadoria em casa do tio desembargador. Mobilou casa no bairro de Buenos Aires, na menos frequentada das ruas. Desligou-se do trato das relações adquiridas em casa do magistrado, e evitou novos conhecimentos. Vestiu de livros as paredes do seu gabinete, propondo-se o recreio do estudo, e o trabalho mesmo de composição, sem o intento de fazer-se conhecido no mundo literário. Enquanto o espírito se lhe entreteve nos apetrechos de casa e aconchegos de quem tencionava viver nela os dias e as noites, curtos intervalos de mágoa o assoberbaram; assim, porém, que o bulício cessou, e os tapetes das elegantes salas não davam rumor de um passo, e Afonso, sentado à sua banca de estudo, ouvia apenas as cadências do pêndulo do relógio, condensaram-se-lhe em volta do espírito as nuvens torvas, que se haviam rarefeito, bafejadas pela aragem da esperança, e nunca tão compressora o sopesou a mão da tristeza. Os livros atediavam-no; o escrever acendia-lhe o espírito a um grau penoso de excitação. Todos os seus manuscritos fragmentários ou desatados, que eu vi treze anos volvidos, acusavam uma obstinada paixão, da qual o poeta hauria argumentos contra a Providência que o desamparara, na batalha consigo mesmo.

Aos vinte e dois anos, aceitar longo tempo e voluntariamente um jugo de vida assim é virtude imaginária. Para outras civilizações, lá estava o deserto do anacoreta, e a Palestina do cruzado: um e outro se deixavam devorar das angústias do ermo, ou cortar do ferro islamita; e lá iam encontrar-se no céu, a cobrarem o seu patrimônio de alegrias infindas, ganho a troco duma hora de orgulho satisfeito -- que mais não é o contentamento desta breve fugida do ventre à sepultura. Nestes tempos, porém, a tanta luz, a tanto estrondo, em tamanho desentranhar-se a terra em novos enfeites de si própria, agora, que o céu se deixa contemplar, já não como paragem de futuras vidas, senão como estrelado envoltório deste globo cujas delícias nos foram dadas em desconto do breve tempo que as saboreamos; agora, em suma, que o viver sem gozar é um triste, senão estúpido, prelúdio da morte, em redor da sepultura, que loucura é esta de Afonso de Teive que não rompe mundo dentro, com seis mil cruzados de renda, vinte e dois anos, bizarria de fidalgo, e fisionomia dotada de graças atrativas de todos os olhos?

Era necessário que a sociedade culta delegasse um dos seus ornamentos a intimar Afonso de Teive para comparecer, réu de lesa-ilustração, à barra do século XIX. O enviado, escolhido a ponto, foi, como por acaso, encontrar Afonso na mata da Penha Verde, em Sintra, onde o tinham chamado saudades das suas árvores de Ruivães.

D. José de Noronha, sujeito de trinta anos, filho segundo duma casa titular de Lisboa, cursara alguns estudos da universidade, contemporâneo de Afonso.

Pertencia à tribo dos *trocistas* e gozava as honras de caudilho nos distúrbios, maiores honras ainda de primeiro estômago em digestão de vinho. Contava-se que D. José de Noronha bebia por um pipo de almude, quando não tinha à mão o alguidar, taça ordinária das suas libações. Este fato, presenciado com assombro e inveja, avantajou-o em consideração aos sócios da taberna e conferiu-lhe voto deliberativo em todas as bargantarias noturnas. Afonso de Teive, algum tempo associado aos tunantes, declinou de sua estima o ilustre companheiro, indistinto dos outros em sua opinião. Separados pela mudança de costumes, raras vezes se viam, e mais raras vezes se tratavam. D. José cognominava de renegado o fugitivo sócio, e divulgava que o miserável nunca bebera uma garrafa de genebra sem se embriagar. Equivalia esta denúncia a uma grave desonra.

Abandonada a carreira dos estudos, por força de sucessivas reprovações, D. José foi para a família, que o recebeu sem espanto do mau êxito, nem mesmo pesar. O fidalgo libertino tinha bom patrimônio materno, e um pai cujo desregramento de vida absolvia os desatinos do filho.

A sociedade recebeu-o prazenteiramente, deu-lhe a primeira linha na coorte dos elegantes, e vitoriou-o com alguns troféus de conquistas, cominadas no Código Penal, e gloriosas nos salões. D. José absteve-se da ebriedade em público, é isso verdade; mas indenizou-se em vícios, que seriam muito mais nocivos à humanidade, se as maiorias compartissem dos ultrajes aflitivos que vão na intimidade obscura, e mesmo na pública exposição das famílias. Não vem isto para dizer que todas as famílias ultrajadas se aflijam. Em Lisboa, principalmente, as exceções são tantas que suaria o topete quem quisesse achar a regra. Lá, haveis de encontrar muito duma coisa chamada "Filosofia", ciência que foi necessário inventar-se à medida que umas certas virtudes de portas adentro deram em saltar pelas janelas, e voar por aí fora, não sei para onde, naturalmente para a Índia, onde as viúvas se queimam em demonstração de fidelidade aos maridos defuntos. Há de ser isso.

Afonso de Teive reconheceu D. José, que saiu dum rancho de senhoras a cumprimentá-lo. Eram coisas diversíssimas vê-lo em Coimbra, ou ali em Sintra ao lado das senhoras *da primeira distinção*, como lá se diz, e quase sempre em rigorosa verdade, omitindo-se a qualidade distintiva.

O menosprezo em que o fidalgo do Minho tivera o de Lisboa desvaneceu-se logo. A compostura, o trajo, a seriedade, os ademanes, aquilo tudo, digamo-lo assim, aromatizado do palácio e corte, demudou a má opinião de Afonso em estima atenciosa e quase amigável.

Em breves termos, se disseram mutuamente as suas residências, convencionando-se logo em se encontrarem e conviverem a miúdo. D. José de Noronha, como da terra, foi o primeiro a visitar Afonso. Frequentaram-se assiduamente, e chegaram a termos de se hospedarem à vez, e às temporadas de três dias, nas casas um do outro.

Claro é: Afonso contou suas penas, com sincera expansão, ao amigo. Era o primeiro estranho a ouvir-lhas. Mostrou-lhe as cartas de Teodora, encarecendo-lhe a beleza, superior mesmo ao gênio revelado na escrita. Nada menos que gênio o meu pobre Afonso descobrira nas cartas da esposa de Eleutério Romão. D. José de Noronha, por sua parte, passava do espanto ao assombro a cada período interrogativo da famosa missiva, que me fez rir e chorar – caso único na minha de vida extraordinária.

– E tu pudeste, Afonso – disse D. José –, pudeste resistir a esta mulher?!... És aleijado, ou tens peito de rocha, ou cheiras a santo! Abre-me bem os refolhos do teu espírito. Esclarece-me este fenômeno. É certo que nunca respondeste a esta mulher, nem a procuraste?

– É certo – respondeu Afonso, quase envergonhado da confissão.

– Ó pobre José! ó malograda Hiempsal! Conheces bem a Hiempsal... a esposa do ministro de Faraó! Quantas capas tencionas assim deixar em lindas mãos?... Ai de ti, Afonso de Teive, que, afinal, saíras do mundo sem capa, e coberto de lama!... Tu não sabes que estás em 1850, e que tens de alijar a carga de dois séculos, se não quiseres ir a pique, varar no ridículo inexorável com os homens da tua fortuna e da tua figura. Orígenes fictícios, que nem sequer ressalvam com o estudo dos atributos divinos a sua ignorância dos atributos humanos... Pobre Teodora... a formosa mulher, que se rojava a teus pés, quando tu, por brio mesmo de tua vaidade ferida, devias ter ido beijar-lhe os cabelos, e não arrancar-lhos. Pobre menina, casada com um homem chamado Eleutério... que mais?

– Eleutério Romão dos Santos – disse Afonso, sorrindo no tom imitante do dizer galhofeiro do amigo.

– Eleutério Romão!... Eu não sei – prosseguiu D. José – se amaria a esposa de um homem chamado Eleutério!... Mas, nas condições de cara e estilo em que está Teodora, amaria, quer-me parecer que amaria, Afonso, obrigando-a a promover o crisma do cônjuge... Falemos sérios, sérios como rapazes, que têm o estrito dever de não serem palermas, do contrário seremos vítimas de todos os Eleutérios. É necessário que escrevas a essa mulher; isso não te priva de escreveres a outras muitas, visto que estás aqui a ares e tens a balda de escrever meditações... Que ratão és tu, Afonso! Eu, em Coimbra, achava-te uma graça! Quando tu publicavas no *O Trovador* umas lamúrias lamartineanas, que davam ideia de seres um desgraçado, que vivias das brisas do claro Mondego, e tu, meu patarata, enquanto fazias chorar as meninas com os versos, emborcavas torrentes de conhaque por uma catadupa esponjosa que muitas vezes receei que me apeasses do meu pedestal... Patusco!... Falemos agora sério. Escreve à Teodora, se tens algum resto de pudor... Não me digas que estás sofrendo por ela, que deixaste por ela tua mãe, que renunciaste ao amor de um anjo, por causa dela... Não me digas tal, que eu nem posso admirar-te a virtude nem a parvoíce. A virtude seria medir o espaco que separa a tua alma do coração atraiçoado de Teodora, e interpor nesse espaço trinta mulheres, contanto que te não privasses da companhia de tua mãe, nem lhe desses desgostos muito menores que este. Devias adorar tua prima porque era um anjo, e devias desejar a outra porque era um demônio. Que fizeste tu quando ela casou? Choraste, e com tamanho agravo dos teus brios que consentiste que o mundo te visse chorar, a ti, rapaz de vinte anos, gentil, rico! Pondera bem nesta vilipendiosa calamidade, meu caro Afonso. Salta sobre dez anos de tua existência para diante, e diz-me que nojo te há de fazer este Afonso, quando o Afonso de 1860 achar que tem o mesmo nome, e quase a mesma figura!...

E continuou por largo espaço neste sentido.

Escutava o filho de Eulália o discurso de D. José, lardeado de facécias, e, por vezes, atendível por umas razões que se lhe cravavam fundas no espírito. As réplicas saíam-lhe frouxas e mesmo timoratas. Já ele se temia de responder coisa de fazer rir o amigo. Violentava sua condição para o igualar na licença da ideia, e, por vezes, no desbragado da frase. Sentia-se por dentro reabrir em nova primavera de alegrias para muitos amores, que se haviam de destruir uns aos outros, a bem do coração desprendido salutarmente de todos. A sua casa de Buenos Aires aborreceu-a por afastada do mundo, boa tão somente para tolos infelizes que fiam do anjo da soledade o despenarem-se, chorando. Mudou residência para o centro de Lisboa entre os salões e os teatros, entre o rebuliço dos botequins, e concurso dos passeios. Entrou em tudo. As primeiras impressões enjoaram-no; mas, à beira dele, estava D. José de Noronha, rodeado dos próceres da bizarria, todos porfiados em tosquiarem um dromedário provinciano que se escondera em Buenos Aires a delir em prantos uma paixão calosa, trazida lá das serranias minhotas. Ora, Afonso de Teive antes queria renegar da virtude, que já muito a medo lhe segredava os seus antigos ditames, que expor-se à irrisão de pessoas daquele quilate. É verdade que às vezes duas imagens lagrimosas se lhe antepunham: a mãe, e Mafalda. Afonso desconstrangia-se das visões importunas, e a si se acusava de pueril visionário, não emancipado ainda das crendices do poeta inesperto da prosa necessária à vida.

Escrever, porém, a Teodora, não vingaram as sugestões de D. José. Porventura, outras mulheres superiormente belas, e agradecidas às suas contemplações, o traziam preocupado e algum tanto esquecido da morgada da Fervença.

Mas, um dia, Afonso, numa roda de mancebos a quem dava de almoçar, recebeu esta carta de Teodora:

> Compadeceu-se o Senhor. Passou o furacão. Tenho a cabeça fria da beira da sepultura, de onde me ergui. Aqui estou em pé diante do mundo. Sinto o peso do coração morto no seio; mas vivo eu, Afonso. Meus lábios já não amaldiçoam, minhas mãos estão postas, meus olhos não choram. O meu cadáver ergueu-se na imobilidade da estátua do sepulcro. Agora não me temas, não me fujas. Para aí onde estás, que as tuas alegrias devem ser muito falsas, se a voz duma pobre mulher pode perturbá-las. Olha... se eu hoje te visse, qual foste, ao pé de mim, anjo da minha infância, abraçava-te. Se me

dissesses que a tua inocência se baqueara à voragem das paixões, repelia-te. Eu amo a criança de há cinco anos, e detesto o homem de hoje.

Serena-te, pois. Esta carta que mal pode fazer-te, Afonso? Não me respondas; mas lê. À mulher perdida relanceou o Cristo um olhar de comiseração e ouviu-a. E eu, se visse passar o Cristo, rodeado de infelizes, havia de ajoelhar e dizer-lhe: "Senhor! Senhor! é uma desgraçada que vos ajoelha e não uma perdida. Infâmias uma só não tenho que a justiça da Terra me condene. Estou acorrentada a um dever imoral, tenho querido espedaçá-lo, mas estou pura. *Dever imoral*... porque, não, Senhor! Vós vistes que eu era inocente; minha mãe e meu pai estavam convosco.

Abafaram-me numa jaula; eu queria amar-vos fora dos violentos ferros, deixei-me matar diante da vossa imagem por um sacerdote do vosso culto. O vosso sacerdote, Senhor Deus da Justiça, praticou uma imoralidade, levantando sobre as faculdades desta alma esmagada o patíbulo do meu coração. Foi imoral o dever, que me legislaram em vosso nome, Senhor. E eu, sem vociferar contra o mundo, que me arroxeia a gonilha no pescoço, a vós ajoelho, Deus dos réprobos das alegrias deste mundo, exorando-vos que me deis um amigo."

É o que eu diria ao Deus da adúltera e da Madalena, Afonso. E o Senhor piedoso havia de ouvir-me, e de tua alma fulminada pela inspirativa misericórdia do Justo dos justos sairia um gemido piedoso por a mulher desamparada. SÊ MEU AMIGO!

Recusava-se Afonso a deixar ver a carta: era, porém, uma descortesia sonegá-la, entre moços, que francamente haviam ali relatado, à competência, as façanhas amorosas dos últimos quinze dias.

– Homem indigno da nossa estima! – exclamava D. José de Noronha. – Grande cínico!, podes tu negar aos teus amigos dois minutos do inocente prazer de ouvirem o estilo duma Sévigné provinciana, que, para ser mulher da época, só lhe falta afeiçoar-se a um homem que lhe rasgue os horizontes dum destino esplêndido!? Venha a carta!

– A carta! a carta! – exclamaram todos, empunhando os copos.

– Um brinde à formosa das montanhas! – bradou D. José.

– Depois de lida a epístola! – emendou um comensal.

– Antes e depois! – redarguiu o proponente do brinde, e ajuntou: – À saúde de Teodora, bela e espirituosa, amada e amantíssima, pura quanto pode sê-lo a mulher que nos braços dum marido reserva para o homem amado a virgindade do coração!

– À saúde de Teodora! – conclamaram todos, excetuando Afonso, cujo aspecto arguia tristeza.

Seguiu-se um brinde entusiástico ao ditoso Afonso, que sobrepunha a formosa minhota a quantas lisboetas de tez e olhos árabes lhe tinham oferecido a alma num sorriso.

Afonso agradeceu, com um gesto de mal dissimulado dissabor.

Reiteraram os convivas o pedido da carta. Afonso hesitava ainda. O mais ébrio daquela mocidade patrícia, representante dos mais ilustres apelidos da época heroica de Portugal, ousou tomar a carta de sobre a mesa, e abri-la com estrondosos aplausos dos outros. Afonso de Teive estendeu impetuosamente o braço, e tirou a carta da mão do hóspede.

– Isto é um insulto a todos! – exclamou D. José de Noronha.

– Não é insulto – replicou o de Ruivães –, é preito a todas as mulheres, e com especialidade às desgraçadas.

Disse e incendiou o papel na chama do castiçal em que acendiam os charutos.

O tom amargo daquelas palavras comoveu os convivas, que, por bom acerto, se encontraram todos de índole sentimental, quando as vaporações alcoólicas lhes enublavam a porção intelectual, que era neles diminuta, como de direito heráldico. D. José, compondo o rosto duns vislumbres de retidão e bom discurso, perorou acerca da probidade de Afonso, e, em nome dos comuns amigos, agradeceu a lição, e levantou novo brinde ao hospedeiro moço que tão digno era da estima dos homens como da confiança das mulheres.

Este capítulo não dispensa uma nota ilustrativa, respondendo temporariamente à crítica ilustrada que me perguntar como pude eu pôr em traslado uma carta queimada à luz do castiçal, minutos depois que Afonso a lera. É porque o rascunho desta carta, escrita com entrelinhas, emendas, e borrões, escrita por Teodora, estava ainda em poder de Afonso de Teive em dezembro do ano próximo passado. Oportunamente se dirá como Afonso de Teive se apossou do rascunho. Então a crítica verá que poucas coisas sucedem na vida tão naturalmente.

Relevem-me essas demasias de escrúpulo: que eu dificilmente consentirei que a má-fé me apanhe em flagrante inverossimilhança.

Assim é que eu quisera que se escrevesse a história pátria com este timbre e rigor de verdade. Por míngua de desvelos análogos na averiguação dos fatos históricos é que nós ainda não sabemos bem quantos filhos bastardos fizeram os nossos monarcas; falha que desluz algum tanto o panegírico das virtudes dos reis portugueses. Aprendam os historiadores.

14

No mesmo dia um deputado chegado do Minho entregou a Afonso uma carta de sua mãe, incluindo outra de Mafalda. A senhora de Ruivães felicitava o filho por saber que ele procurava os passatempos da capital, admoestando-o a que procedesse honradamente no gozo dos prazeres, para que eles se não derrancassem em flagelos da consciência, e infâmia. Mafalda, em poucas linhas, pedia-lhe que se não esquecesse dela, e fosse fiel à promessa de estimá-la como irmã.

O deputado bracarense era sujeito que sabia as coisas para as dizer, e saltava a quatro pés por cima disto que chamam delicadeza em assuntos de coração.

Pelo que, o expansivo deputado falou assim a Afonso:

– Ainda me lembro de Vossa Excelência, quando rapazola estudava Retórica em Braga. Está certo de ser agarrado pelo regedor, quando foi às Ursulinas atacar as freiras? Pois fui eu quem, a pedido de sua mãe, lhe vali no processo instaurado.

– Não sabia – atalhou Afonso. – Aproveito a oportunidade para agradecer a Vossa Excelência...

– Não tem de quê. Mas com efeito – volveu o deputado, a rir de esperto – olhe Vossa Excelência o que fazem mulheres... ou mulherinhas... porque afinal a morgadinha da Fervença acanalhou-se até ir casar com um bruto de Tibães... Soube isto Vossa Excelência?

– Perfeitamente. Era impossível que eu o não soubesse... – respondeu atentamente Afonso.

– Eu conheço Eleutério Romão dos Santos – continuou o informador. – O homem torce as grandes orelhas que tem, porque ela tem-lhe feito dar a água pela barbela. Vossa Excelência há de saber isto...

– Não sei senão que Teodora é mulher de Eleutério.

– Então eu lhe conto. A rapariga tem fígados e ninguém o dirá vendo aquela lesma, que parece feita de manjar branco. Assim que entrou em casa, e se viu com o sogro Romão e com a sogra Eleutéria, deu ao diabo a cardada; posse nas suas tamancas, e mobilou as suas salas e os seus quartos à moderna. O Eleutério quis reguingar-lhe; mas ela, às primeiras testilhas, falou em divórcio, ou coisa pior ainda, que era, pelos modos, fugir de casa, e procurar Vossa Excelência. O marido pôs as mãos na cabeça, quando ouviu falar em divórcio. A fortuna ali é quase toda de Teodora. Se ela se levantasse com o seu casal, o velhaco do tio, que preparou semelhante desgraça de casamento, dava um estouro. Começaram a fazer-lhe todas as vontades à moça. Para que lhe há de ela dar? Imagine Vossa Excelência para que lhe deu na veneta?

– Eu sei cá... – disse anelante de curiosidade Afonso.

– Fez-se doutora!... Mandou comprar dois carros de livros ao Porto; fechou-se no seu escritório, que parecia uma livraria de convento, e começou a ler de noite e de dia. Lá de dia passe; mas de noite, dava isso que pensar a Eleutério, casado à face da Igreja, e dono da mulher pelos seus justos cabais. Passado tempo, deu-lhe outra mania: fez-se cavaleira, e rompia a galope pelo campo de Sant'Ana em Braga, a levantar poeira que parecia um esquadrão de cavalaria! Não parou ainda aqui o desarranjo daquela cabeça! Tomou lacaio, deu-lhe libré avivada de vermelho, e andava por essas estradas do Minho com o lacaio em correrias de doida. Uma hora viam-na em Landim, outrora em Santo Tirso, depois em Leça da Palmeira... Que novidades lhe estou contando!... – concluiu sorrindo o narrador.

– E do procedimento dela que se dizia? – atalhou Afonso, vivamente empenhado nas revelações do chaníssimo legislador.

– Do procedimento dela a que respeito? – perguntou o deputado, com suspeitoso sorriso.

– Amantes, quero dizer se a opinião pública lhe dava amantes.

– Eu lhe digo: quando Vossa Excelência estava em Leça com sua mãe, e a morgada lá foi com o marido, alguém disse que o marido era um simplório. Ora isto parece-me que alguma coisa queria dizer...

O deputado espirrou uma risada de finura velhaca, e ajuntou:

– Depois, quando Vossa Excelência esteve em Ruivães uma temporada, e Teodora saía para aqueles lados, já todo o bicho-careta dizia que o adultério estava provado por todos os artigos do código, e por mais alguns que esqueceram aos corpos legisladores.

Aqui deu o representante de Braga uma segunda risada, expressiva de agudeza muito mais faceta. Afonso sorriu-se e deixou-o esvaziar a pojadura da verbosidade chula.

– Não se fala por lá de mais ninguém que eu saiba – tornou o deputado. – Mas o marido!, aquele palerma, que não lhe vai à mão, e a deixa andar em filistrias de cavalo e lacaio, faz-me pena, sinceramente lho digo, porque houve alguém que me afirmou que a mulher, quando está fechada na livraria, não o admite à sua presença, e até me disseram que ela passa toda a noite a consultar os seus livros! Logo: aquele marido está numa posição crítica, matrimonialmente falando. Parece-lhe isso, Sr. Afonso?

Aqui expediu o sujeito terceira risada, que tinha ideia oculta a meu ver, inconciliável com o comedimento desejável numa pessoa grave... de mais a mais deputado a cortes!

– Como está ela? – perguntou Afonso. – Ainda é bonita?

– Agora é que ela está completa. Encheu muito de ombros, e tudo à proporção. Está muito alta, e esbelta, que parece uma inglesa. E o garbo com que ela sacode um cavalo... Vossa Excelência está a mangar comigo? – perguntou de súbito o deputado, após um instante de reflexivo silêncio.

– Se estou a mangar com Vossa Excelência?! Que pergunta!

– Sim! pois o Sr. Afonso vem-me perguntar a mim se ela está bonita?! Quem sabe melhor que Vossa Excelência como ela está?!... Ora, meu amigo, vá contar essas histórias aos da Lourinhã. Cá para mim vem barrado!

– Dou-lhe palavra de honra – redarguiu Afonso – que a minha pergunta foi sincera. Eu vi Teodora; mas tão de relance, que não pude reparar-lhe nas feições.

– A sua palavra de honra tem para mim o peso dum Evangelho – tornou gravemente o cavalheiro de Braga. – Pois, senhor, o mundo está enganado. A voz geral dá Vossa Excelência como amante de Teodora. Eu não me atrevia a dizer-lho tanto às escâncaras; porém, chegadas as coisas a este ponto, fique sabendo que ninguém acredita na sua inocência, exceto o Eleutério, que é muito bom homem.

É escusado dizer que o indivíduo riu de novo, esfregou as mãos, e exclamou abruptamente aguilhoado pelo instinto oratório:

– Ainda há quem case! Ainda há vítimas que espontaneamente se ofereçam no altar das mulheres! Chegamos a um tempo em que ninguém pode sinceramente dizer que conhece seu pai. Os assentos dos batismos estão todos falsificados. Os mandamentos da lei de Deus, o nono sobre todos, vai ser tirado do catecismo. Vem aí um tempo em que o artigo da lei santa há de ser assim reformado: "Não desejarás a tua mulher para não incomodar os direitos do próximo!" Onde irá isto assim parar, Sr. Afonso de Teive?

O deputado, entre sério e risonho, prolongou por três quartos de hora, em estilo declamativo, um aranzel de lugares-comuns, entremeado de pilhérias, com referência à degeneração da sociedade, no capítulo casamento. Afonso achava picante de grosso sal a iracúndia cômica do legislador, e estimulava-lhe a veia. Afinal o deputado, contente de si, foi para São Bento, mais que muito persuadido de ser ele o predestinado para levantar voz no Parlamento decretando a moralização das famílias.

Afonso ficou pensativo. As revelações lisonjeavam-no. O odioso do caráter de Teodora desvaneceu-lhe a impressão já majestosa, já condolente do viver da morgada. "Uma sublime desgraçada!", dizia ele consigo. "Uma sublime desgraçada, que, ligada a mim, seria a mais sublime das criaturas!"

E trabalhado por esta ideia que pertinazmente lhe martelou no ânimo, Afonso de Teive arrependeu-se de ter queimado a carta recebida na manhã daquele dia. Queria relê-la, metê-la a beijos na retentiva do coração!

À noite foi ao teatro, e entreteve-se largo tempo com D. José de Noronha. Versou a prática sobre o aceitar benignamente os acometimentos de Teodora. D. José mostrava-se já enfastiado da imbecilidade moral do seu amigo, e, portanto, lhe pedia que de todo em todo esquecesse a mulher, se portasse como rapaz de certa ordem; ou obedecesse ao coração, aceitando a felicidade das mãos fosse de quem fosse.

Nesta mesma noite, o moço, vencido afinal pela irresistível necessidade de ser semelhante a todos os homens, escreveu uma estirada carta. Principiava nas recordações da infância de ambos: devia de ser alta e amorável poesia, como o coração a transborda, se dum ponto negro da vida os olhos rompem as trevas, e vão lá ao longe remergulhar-se no pélago da luz, que mais não há de raiar em nossos dias. Tristeza mais que todas magoativa!

Depois, memorava os dias de amor, desabrochado já o seio em plena florescência, com os seus desejos balbuciados em frases todas alma e enleio, dulcíssima linguagem, que era ainda a das quimeras pueris, mal desvanecidas no trajeto da infância à adolescência. Poesia ainda, flor sempre lustrosa e verdejante, porque a sua *tige* está contínuo a medrar em lágrimas, de onde paixão nenhuma hedionda dos vindouros tempos lhe há de extirpar a raiz.

Seguia-se o recordar as dores atrozes do abandono dela, quando o moço, em Lisboa e Ruivães, duas vezes se atirara aos braços da morte, aceitando o inferno, se o lembrar-se o condenado da mulher que amou na terra não era lá o máximo tormento.

Afinal, após os queixumes, subiu-lhe do coração aos olhos numa lágrima o perdão. Perdão e amor: que não há aí, em alma humana, perdoar ingratidões sem beijar a mão que nos alanceou. Esquecer, sim; mas esquecer é desprezo, não é perdão.

Escrita e fechada a carta, sobresteve Afonso no remetê-la. Acaso iria ela, sem desvio, às mãos de Teodora? As injustas suspeitas não poderiam ter Eleutério de sobreaviso? E, demais, reatadas as ligações de estima, iria Afonso, contra a vontade de sua mãe, para casa, e sustentaria ali o cortejo à mulher casada?

Estes quesitos falavam à razão; porém a pobrezinha da razão estava já escondida na consciência, e a consciência ensurdecera com a guizalhada do baile carnavalesco em que seu dono a mandara estudar os costumes do seu tempo.

Foi a carta com direção a Braga. Era dia de feira quando ela chegou ao correio: estava ali o marido de Teodora vendendo cereais. Foi à lista postal ver se seu pai tinha carta de parentes do Brasil; e, como não se entendia bem com os nomes maiores de três sílabas, pediu que lhe lessem a lista inteira. Quando o obsequioso leitor chegou a *Teodora Palmira Vilar de Souza*, exclamou Eleutério:

– É a minha mulher! Há de ser carta do livreiro.

Convém saber que a morgada se entendia diretamente com os seus livreiros fornecedores.

Eleutério foi tirar a carta, e deu-lhe nos olhos, afora o lustre do sobrescrito, o lacre azul fechado com armas, e, mais que tudo, a marca de Lisboa.

Não me atrevo a compor o solilóquio de Eleutério Romão. Sei que ele andava com a carta às voltas, entre mãos, e às vezes esfregava entre dois dedos o papel, como se pelo tato pudesse inferir do conteúdo. Estava com ele o regedor da sua freguesia, o mesmo que lera a lista, e lhe lia na alma agora.

– Que estás a malucar, Eleutério? – disse ele. – A modo que essa carta te deu no goto!...

– A falar a verdade – respondeu o marido de Teodora – esta letra não na conheço, nem estas armas reais!... Minha mulher não conhece ninguém em Lisboa, e estas letras, compadre, parece que rezam *Lisboa.*

– E como diz: *Lisboa* sem tirar nem pôr. E então?... achas que ela...

– Estão-me a dar guinadas de abrir isto!... Que dizes tu, compadre?

– Eu cá, se fosse comigo, já a carta estava aberta. Mulher minha a ter cartas, sem eu saber de quem!... Deus me defenda!

Palavras mal eram ditas, que Eleutério quebrou o lacre, e passou a carta ao regedor, dizendo:

– Lê lá... ela é tamanha!, parece uma sentença!... Vamos ver isso, que eu já me não sinto escorreito.

O regedor tomou o manuscrito de oito páginas entre as mãos, pôs-se em atitude abrindo as pernas em circunflexo, tossiu, tomou fôlego, deu crena de saliva aos beiços, e leu engasgadamente: "De onde vem esta celestial harmonia, que a minha alma ouviu, quando o céu me bafejava a infância, e as delícias todas da existência me eram pronunciadas nos sonhos?..."

O regedor revirou os olhos pasmados a Eleutério, e disse:

– Tu percebes isto, compadre?

– Assim me Deus salve, que não percebi palavra – respondeu Eleutério Romão esbugalhando os olhos sobre a escrita cabalística.

– Português acho que é! – tornou o regedor, consultando a opinião do compadre.

– Isso é, lá português é... Ora torna a dizer.

O leitor repetiu, e disse:

– Fala aqui em *alma, e sonhos, e delícias*. Sabes que mais? Isto, seja lá o que for, não me cheira bem!... Aqui, Deus me perdoe, há maroteira daquela casta!... Deixa-me ver mais um bocado a ver se pesco alguma coisa. – E, continuando, leu:

"Sonhos de anjo, alumiados pela imagem lúcida da filha da minha alma!, volvei, volvei, orvalhai a flor requeimada, dai uma lufada de primavera ao meu coração regelado pelos frios desta infinda noite... Oh minhas donairosíssimas quimeras!..."

– E agora entendeste? – voltou o regedor. – Eu estou como a Felícia de Abrantes, pior que dantes. Isto, se não é latim, é o diabo por ele!

– Queres tu que se pergunte a alguém?! – acudiu Eleutério. – A gente há de achar quem lhe explique isto cá em Braga... Fala-se aí a um padre que eu conheço, ao capelão das Ursulinas.

– Dizes bem... Tu não hás de ir para casa sem tirar isto a limpo... Queres tu ver que aí vem o homem que nos explica o negócio? – perguntou o magistrado administrativo. – È meu compadre Fernão de Fonte Boa.

Era Fernão de Teive, conhecido por *de Fonte Boa*, por ser lá o seu morgadio. Com o velho fidalgo vinha Mafalda, apoiada no braço dele com doentio aspecto.

O regedor descobriu de longe a cabeça e saiu ao encontro de Fernão, que o recebeu com o agrado dos antigos fidalgos.

– Que é feito de ti, compadre, que te não vejo há cem anos? – disse o velho. – Desde que te fizeram regedor, acho que não cuidas senão em fabricar deputados e comer os salpicões dos recrutas passados pela malha! Anda lá, meu homem, que em tempos melhores havias de ganhar o posto de capitão-mor, que jeito para comer os saudosos lombos tens tu. Então que é feito, rapaz!, quem é aqueloutro? Se me não engano, é o Eleutério do Romão.

– Para servir a Vossa Excelência – disse Eleutério com três mesuras de cabeça exageradas. – Sou eu para servir a Vossa Excelência.

Fernão inclinou um olhar irônico sobre o ombro da filha, e disse com um mal represo frouxo de riso:

– Aqui tens o marido da morgadinha da Fervença.

Mafalda escassamente lançou um olhar ao sujeito, e baixou os olhos com um gesto de notável comoção.

E o regedor, tirando a carta da algibeira disse:

– Eu queria consultar o meu excelentíssimo compadre a troco duma carta que nem eu nem meu compadre Eleutério entendemos. A gente, como o outro que diz, o que sabe é de lavoura, e mal assina o seu nome. O caso é este: aqui o compadre achou no correio esta carta pra mulher. Teve lá seus arrepios, e abriu-a. Começamos a ler, mas nem pra trás nem pra diante. As palavras parecem portuguesas, acho eu; mas nós não sabemos o que elas rezam. Se o senhor compadre fizesse o favor de ler isto...

Fernão de Teive ia a tomar a carta já aberta da mão do regedor, quando sentiu extraordinário peso no braço esquerdo, olhou em sobressalto, e viu Mafalda a desmaiar, com o rosto banhado de suor. Chamou-o ela, expedindo uns agudos soluços, quis em vão pendurar-se do pescoço do pai. Tomou-a o velho nos braços com tremente ansiedade, e transportou-a para dentro de uma loja, pedindo a brados um facultativo.

O regedor e Eleutério seguiram Fernão, aflitos do sucesso. Na mão do regedor estava ainda a carta. O velho, sem atinar com o motivo do acidente, olhou maquinalmente para o papel, e teve um repelão intuitivo, sem ainda o compreender.

Tirou com desabrimento a carta da mão do compadre, examinou-a pela luneta, leu as primeiras linhas, desviou os olhos, meditou, lançou de arremesso o papel ao chão e disse:

– Deixem-me... não sei o que é... Vão embora...

Os homens iam a sair, quando ele os chamou com frenesi, pediu a carta, e desfê-la em pedacinhos, exclamando:

– Isto não é nada, nada vale, podem ir com Deus.

Eleutério estava assombrado, e o compadre abria e fechava a boca em sinal do seu espanto e compaixão. Em boa-fé, o regedor acreditou atacado de demência o velho, ao ver a filha em transes de morte. Afastaram-se em consultas, dando cada qual a sua razão do caso, bem que Eleutério ia mediocremente satisfeito da rasgadura da carta.

Quando recobrou o alento, Mafalda levou as mãos ao rosto do pai, e murmurou muito carinhosa:

– Perdoe-me, por quem é! Perdoe esta fraqueza da sua infeliz filha!

– Pobre anjo! – balbuciou o velho. – Que hás de tu fazer-lhe? Deus mandou-te aquele desengano... Recebe-o tu, reportada e humilde, de suas divinas mãos. Precisavas disto, para enfim te convenceres.

Mafalda pediu ao pai que a levasse ao primeiro templo aberto. Ajoelhou ao altar do Senhor dos Aflitos, chorou, e viu as lágrimas do velho ajoelhado à beira dela. Ergueu-se com pacífico semblante, e disse:

– Estou melhor, meu pai. Deus não falta aos infelizes sem culpa, nem mesmo aos culpados... Também orei pelo primo Afonso.

– Eu não orei – disse o pai – mas rasguei o documento de sua infâmia.

15

Afonso de Teive contava os dias, e, no último dia, a hora e instantes em que devia receber carta de Teodora. Esperou uma semana em alvoroço, e já ao décimo dia a malograda esperança o atormentava. A incerteza da recepção aliviava-o por momentos; outros, porém, sobrevinham em que ele se considerava desconsiderado pela caprichosa ou vingativa mulher. O mais graduado oráculo do seu conselho, D. José de Noronha, racionalmente opinava que a mulher, autora de tais cartas, por força devia responder; e do silêncio concluiu que se transviara a resposta enviada. Chegou a confirmação desta hipótese, na seguinte pergunta de Teodora:

> Instantemente te rogo que no primeiro correio me digas se me escreveste. Sobejam-me razões para conjeturá-lo. Estou em ânsias. Esta incerteza martiriza-me mais que o teu desprezo. Responde-me depressa. Dirige a tua resposta – pedida com lágrimas – para Barcelos. Calculo o dia em que ela deve ali estar. Irei pessoalmente recebê-la. *T. P.*

Lida a pergunta, Afonso abancou para responder. Posta a primeira palavra, ergueu-se de salto. Chamou o criado da cavalariça. Mandou pensar os cavalos para jornada longa. Sentou-se a escrever a D. José de Noronha. Cuidou seguidamente dos aprestos para a partida; e, duas horas antes da saída do correio, galopava na estrada do Porto. A meia jornada fraquearam os cavalos. Afonso fez remonta em Coimbra, sem discutir o preço de novas cavalgaduras, e chegou a Barcelos duas horas primeiro que o correio.

Quando apeou na estalagem de Barcelinhos, encostou a cabeça esvaída à borda dum leito, e adormeceu. Rompia a manhã. A mim me contou ele que, dormindo uma hora, acordara transido do horror de um sonho. Vira Teodora em trajes de bacante, revolteando umas valsas lúbricas, e atirando-se ébria, e torpe de impudicícia, aos braços dum homem. Era um sonho; mas ao despertar, Afonso sentia abrir-se-lhe o coração a golpes de arrependimento. A prostração era invencível: adormeceu outra vez, e sonhou que via sua mãe agonizante nos braços de Mafalda. Acordou espavorido; ergueu-se arrancando a mãos frenéticas aquela imagem da fronte; o arrependimento era já lançada de remorso. Abriu o relógio: viu que era ainda tempo de fugir... Diz ele que fugiria... ai! eu não creio que ele fugisse, não! Chamara o criado para arrear os cavalos... eis que, no cimo da rua, soa tropel de ferraduras, e faz-se rápida paragem à porta da estalagem. Afonso descora, vai de encontro às vidraças, e vê apear a morgada.

O quarto dele era contíguo à sala comum. Já Afonso lhe ouvira os passos escada acima, e logo a voz ordenando ao lacaio que amantasse os cavalos, e fosse receber as suas ordens. Foi ele manso e manso espreitar pela fechadura. Respirava em arquejos ao avizinhar-se da porta. Curvou-se, inspirando sôfrego o ar que lhe saía a sacões do peito. Viu-a. Estava com o braço esquerdo encostado à mesa central da sala, e a face reclinada para a mão. Com a direita chibatava, como alheada do que fazia, o pó acamado no roçagante vestido de casimira verde-escuro. Verde era o véu do chapéu, que, momentos depois, ela tirou com rápido movimento, e rojou ao longo da mesa. Levou ambas as mãos às fontes, afastando os anéis dos cabelos, que se encaracolavam rosto abaixo até às espáduas. Demorou-se momentos naquela postura. Ergueu-se impaciente e passeou de um a outro lado da casa, vibrando o chicote, e tirando com força pelo trancelim de ouro do relógio. Volveu a sentar-se, com o rosto voltado em cheio contra a porta, de onde Afonso a observava. "Poucos traços lhe vi então das feições menineiras com que a deixara", me disse ele. "Da menina admirável o que ela ainda tinha era o ar angélico; mas a beleza da mulher deslumbrava as reminiscências da criança."

Venceu Afonso os ímpetos que o empuxavam para abrir a porta. Esperou, sem saber o quê; esperava o desencantamento, esperava o dom da palavra retraído ao coração.

Entrou um lacaio que ela mandou logo ao correio com um bilhete ali escrito a lápis. Desde este momento, Afonso já sabia o que esperava: queria vê-la aflita com a falta da carta. No intervalo, Teodora chamou o criado da hospedaria, e pediu café. O criado, ouvidas as ordens, dirigiu-se ao quarto de Afonso; este viu-o, e afastou-se. Aberta a porta sutilmente, perguntou o criado se Sua Excelência queria almoçar. Afonso respondeu com um aceno negativo. Fechada a porta, perguntou Teodora:

– Quem é que está naquele quarto?

– Não sei, fidalga – respondeu o moço.

Afonso repôs-se à fechadura.

Chegou o lacaio.

– Trazes? – exclamou ela como assustada.

– Não há, minha senhora.

– Não?! – bradou ela batendo o pé. – É impossível! É impossível! Deve lá estar uma carta!...

– Saberá Vossa Excelência que eu li a lista primeiro, depois fui dentro perguntar ao homem que dá as cartas – disse o lacaio, e saiu.

– Inferno! – clamou ela estortegando os dedos que estalavam nas articulações – maldita eu seja, que tão aviltada me tornei!

Sentou-se a arfar e a chorar, e logo depois levantou os pulsos comprimindo as fontes.

Pôs depois as mãos enclavinhadas junto dos lábios, encostou a barba ao pólex da mão esquerda, abaixou a cabeça e meditou.

Entrava o criado com a bandeja. Teodora, estremecendo como atemorizada, relanceou os olhos sobre o criado e disse-lhe com desabrimento:

– Deixa ficar. Cá me sirvo. O lacaio que almoce, e aparelhe.

Neste momento Afonso abriu a porta, e disse com a voz convulsa:

– Um passageiro pede uma chávena do café de Vossa Excelência.

O leitor já sabe por todos os romances, por todos os dramas e por todos os atos da vida real, semelhantes, muito ou pouco, a este, o que Teodora fez. Um *ah!* ou dois, é o nariz de cera para todas as surpresas, fabricadas desde Homero, ou mais de longe. Adão, quando viu Eva, devia dizer-lhe: *Ah!* A Eva, quando viu a serpente, se não fugiu, eu vou jurar, sem menoscabo do historiador Moisés, que mais ou menos nervosa, exclamou: *Ah!* A interjeição é coeva do homem, que nasceu cheio de espantos.

Espanto, porém, igual ao da morgada, se o houve, foi o meu, quando Afonso me disse que Teodora não expediu do seio interjeição nenhuma, nem *ah!* sequer.

– Pois quê?! – perguntei eu com a respiração abafada. – Que disse ela?!

– Levantou as mãos, ajuntou-as sobre o seio, postas em oração; depois, caiu em joelhos, ia cair, quando eu, ajoelhado também, a recebi, a desfalecer.

– Não disse nada, portanto!... E desfaleceu sinceramente?

– Fazes-me essa pergunta como quem conheceu a mulher... – respondeu Afonso. – Asseveras-me que te estou contando fatos ignorados?

– Pois eu podia saber o que se passou na estalagem de Barcelinhos?! – repliquei. – Eu ignoro dessa mulher tudo, menos o que toda a gente sabia. Vi Palmira em Lisboa contigo... mas, se tu crês que um homem, acostumado a fazer romances, é uma espécie de naturalista, que só com um osso recompõe um animal desconhecido, admite-me que eu tenha adivinhado a alma inteira de Teodora com os poucos, mas característicos traços que me deste do seu caráter. Autorizado, pois, pela tua pergunta, afoito-me a dizer que o desmaio da amazona foi menos de teatral, porque nem sequer foi precedido da inevitável interjeição. Assim que me disseste, Afonso, que ela não desentranhou do íntimo seio um estrídulo *ah!*, entendi que Teodora era mais artificial que o próprio artifício, mais teatral que o mesmo teatro.

– A narrativa – redarguiu Afonso de Teive – vai perdendo a seriedade que demandava o caso. Cansaço ou enojo, dir-te-ei que me sinto já constrangido nestas memórias. Acho-me um pouco identificado com a minha vida passada; repassei o Letes interposto, e olho com saudades para as margens que deixei. Se, como diz o Dante, nada há aí mais triste que recordar na miséria os tempos felizes, é pelo menos nauseabundo recordar em tempos felizes vergonhosas misérias. Todavia, como já agora inexorável romancista, me não dispensam o remate deste longo prólogo do capítulo final do meu livro – livro que eu chamaria *Amor de salvação* –, concluirei a história e irei depois purificar meus lábios no rosto de meus filhos.

"Teodora – continuou Afonso – quando quis abrir os olhos, arrancou-se dos meus braços, exclamando: 'Repele-me, que eu sou indigna de ti. Agora reconheço a minha miséria, agora que te vejo, ó anjo da minha infância, que eu deixei fugir para o seio da mulher digna, da mulher pura, da criatura perfeita para quem tu nasceste!'

– Há aí muito estilo – interrompi. – A mulher compunha! Vê-se que leu e aproveitou. O deputado de Braga é que tinha olho de D. João de Maraña para as mulheres de letras. E depois?

– Eu venci o espaço que ela deixara recuando e abracei-a. Neste movimento senti nas faces o contato dos caracóis desfeitos. Osculei-a na fronte...

– Gosto – atalhei – do comedimento honesto da palavra... *Osculei-a*... Sim, senhor... Assim é que um pai de oito filhos conta a história dos seus beijos. E ela também te osculou?

– Sofregamente, doidamente, segurando-me a face pelos cabelos.

– Isso também é de rigor teatral. A mulher conhecia a cena! perdoa as interrupções. De propósito as faço para te dar azo a inspirares fôlego novo, visto que já te afadiga o conto. E vai depois...

– Rebentou-me a bolhões do peito a eloquência da paixão. Era uma alma virgem que se abria. Abria-se um tesouro intacto de onde nem sequer tirara uma palavra para mentir a outra mulher. Ela entrecortava-me, sorvendo-me as expressões nos lábios, ou abafando-mas no seio palpitante e ardente como o arquejar estuoso do vulcão. Este lance febril, de minutos no viver de meu espírito, absorvera uma hora, segundo a vida do tempo...

– E depois – acudi eu – começaram a tratar de assuntos circunspectos com discreta serenidade.

– Contou-me ela que o marido, com ar de *tirano tolo*...

– A frase é dela, *tirano tolo*? – perguntei.

– É. Desgostar-me-ia o tom zombeteiro com que ela me falava do pobre homem, se eu não estivesse...

– Corrompido – concluí. – Querias dizer isto?

– Era isso verdadeiramente. Dizia, pois, ela que o marido lhe falava em correspondências de Lisboa mordendo o beiço, ou esgaravatando nos pavilhões dos ouvidos, costume dele, quando os ciúmes lhe faziam prurido nas orelhas.

– Disse-to assim ela? – interrompi com a mais ingênua irritação.

– Disse-mo assim, com pouca diferença, meses depois, quando eu estava mais corrompido que ela para provocá-la às originalidades da sua veia sarcástica: do que me confesso em opróbrio meu. Delineamos o nosso futuro. Foi ela quem o programou. Iríamos para longe. Propôs Lisboa, ou Madri, ou Paris. Quis Lisboa, no intento de requerer divórcio. A fuga teria execução antes de oito dias. Eu ficaria em Barcelos, disfarçado, oculto durante o dia. À meia-noite apearia a um oitavo de légua de Tibães. Teodora estaria no seu gabinete de estudo, e as vidraças coariam a luz da sua lâmpada, companheira das lucubrações intelectuais, insuspeitas ao marido. Referendado o programa e rubricado com um ósculo (repara que me não descomponho) ouvi estropeada de cavalo na rua. Momentos depois...

– Querem ver que chega Eleutério! – atalhei com alvoroço e alegria párvoa, se não cruel.

– Eleutério Romão dos Santos, em pessoa, tropeando nas escadas que subiam para a sala, onde nós estávamos tranquilos como Paulo e Virgínia (perdoai-me, santas almas, a comparação!) nos rochedos da Ilha de França! Agora tu, Calíope, ensina-me a contar o sucesso estranho!... Eleutério viu ainda o desencadearem-se os braços de Teodora do meu pescoço. Parou, estacou, empederniu-se, estupidificou-se no limiar da porta.

– E Teodora? Narra-me da esposa surpreendida; que fez ela? – perguntei com inquieto empenho.

– Teodora, pendidos os braços, fitou Eleutério com sobranceria, deu dois passos, postou-se diante de mim, e disse, voltada para o marido: "Que me quer? A minha alma é livre."

– Esperava outra coisa eu! Isto parece-me estupidamente imoral. É caso novo e feio esse! E tu, que fizeste tu?

– Nada.

– Dos três é quem andaste melhor. Parabéns! E ele, o marido, que fez depois? Que respondeu à Pantasileia?

– Respondeu que lhe ia dar cabo da casta, e tirou uma luzente podoa de dois gumes do bolso interior da judia.

– Uma podoa! Outra novidade! E arremeteu com ela?

– Quando ele sacou do ferro, passei para a frente de Teodora.

– Desarmado?

– Desarmado: as pistolas estavam no meu quarto. Mas a Pantasileia virgiliana, como tu apropriadamente a denominas, repeliu-me com um braço, e mostrou na extremidade do outro uma pistola abocada ao peito do marido.

– Novidade terceira! – acudi eu, quase suspeitoso da logração do conto. – Tu não estás inventando, Afonso?

– É inepta a pergunta; mas perdoável. Não invento, meu amigo. Conto verdades que me entristecem. Recordar-me agora do gesto consternado do marido dela punge-me deveras. Tremia-lhe o ferro na mão ameaçadora e já o rosto se lhe estava banhando em lágrimas. Desceu o braço quebrantado por agonia mais lacerante que a ira e fitou em mim os olhos chamejantes. De mim, relanceou-os à mulher; e, desafogando a custo as palavras, disse: "Castigada te veja eu, e Deus me vingue!"

– Não esperava eu que ele dissesse isso. Há concisão e angústia suprema nesse apelar a Deus – refleti eu condoído, não obstante tê-lo visto, como fica escrito, no arraial de São Brás de Landim, anos antes, em jeito de muita felicidade, e grande frescura de ânimo e coração. – E continuei no meu impertinente interrogatório, tendo em vista que o leitor fosse bem informado: – Eleutério, depois, saiu, ou que fez?

– Chorou, embebeu as lágrimas no lenço, e disse: "Eu não te obriguei a ser minha mulher. Se casaste foi porque quiseste. Se tinhas outra inclinação, não dissesses a meu pai que me querias."

– Que impressão fizeram em ti essas palavras tão simples e sinceras? – perguntei.

– Má impressão! – respondeu Afonso de Teive. – Péssima impressão! Desviei involuntariamente os olhos dela: a razão saiu por momentos do seu chiqueiro e teve dó da alienação da minha pobre alma. Eleutério, por último, rematou assim: "Não tenho mulher. Vou para minha casa, e vai tu para a tua." E saiu. Teodora voltou-se para mim, atirando a pistola sobre a mesa, e disse: "Estou livre. Aqui me tens, Afonso. Aqui está a tua Palmira, com o virgem coração que lhe conheceste, mais valioso do que era, mais depurado dos instintos maus, graças aos trabalhos que me angustiaram a vida. Queres-me assim, Afonso?..."

– Abraçaste-a fervorosamente, convulsamente – interrompi eu.

– Não; disse-lhe com uma falsa graça no rosto: "quero-te assim; partiremos hoje mesmo para Lisboa." "E os meus fatos, as minhas joias?", perguntou ela. "Tenho brilhantes que eram de minha mãe." "Deixa-os. Terás brilhantes, se eles forem precisos à tua felicidade!". "A minha felicidade!", exclamou Teodora, ajoelhando-se-me de mãos postas, "a minha felicidade é uma choça contigo, no ermo, no isolamento de todos os prazeres da sociedade." Ergui-a com amor. Tocou-me o contraste daquela humildade com a arrogância da resistência ao marido.

A esta procela de comoções violentas, seguiu-se um intervalo de silêncio morno, concentração porventura dolorosa em que os nossos olhares mutuamente se interrogavam. Eu via minha santa mãe, e a puríssima imagem de minha prima. Teodora não sei o que via: pode ser que estivesse lendo a página negra do seu destino, voltada pela mão do Senhor. Eu de mim esforçava o contentamento no rosto: os olhos viam-na embelezados; o ambiente escaldante que ela aquecia com o seu hálito coava-me lume até às medulas dos ossos; mas o formidável grito da moral repercutia-se no senso íntimo da minha queda. Desgraçadas e atrozes ligações as que principiam assim! É que a sentença da justiça divina foi já lavrada.

"Teodora abriu a janela da sala e aspirou com força; encostou-se ao peitoril com os olhos cravados nos cabeços da serra da Tranqueira.

"'Em que meditas, Palmira?' – perguntei-lhe eu.

"'Em minha mãe, que era virtuosa como a tua', respondeu ela.

"Esta dor nobre, tão singelamente revelada, fez-me bem ao coração. Comoveu-me aquele dizer de *mulher*, no tom da maviosa feminilidade que soa tão brando e compadecedor nas almas de rija têmpera, como era a minha. Falamos de nossas mães, e com tantas carícias de expressão saudosa, que terminamos, beijando um do outro os olhos cheios de lágrimas.

"No mesmo dia, por volta da tarde, saímos a caminho de Lisboa."

16

Volvido um mês sobre os sucessos descritos, Afonso de Teive e Palmira – que nunca mais se chamou Teodora – viviam num palacete ao Campo Grande, por ser entrada a sazão estiva.

O interior esplêndido da casa sobre-excedia o exterior majestoso. Nas cavalariças escarvavam, arrifavam, e relinchavam os cavalos de trem e de passeio. No pátio, os lacaios limpavam e bruniam os arreios, e as equipagens. Sentia-se o respirar da felicidade, como escondida das invejas do mundo, naquele magnífico aposento. O dono dela gozava-se da fama de opulento fidalgo do Minho; porém, o tesouro, que a pública admiração mais lhe encarecia, era Palmira.

Frequentavam a casa de Afonso de Teive alguns dos amigos que D. José de Noronha lhe dera, moços da primeira fidalguia. Ao verem a mulher por quem Afonso desprezava todas, acharam e disseram, sem lisonja, que ele tinha sofrido e amado pouco. A expectativa de D. José fora surpreendida pelo excedente duma formosura, graça e talento não imaginados. Estes gabos, porém, proferidos a medo na presença dela, eram tão respeitosos e aferidos no padrão do melindre palaciano, que Afonso de Teive, nem por sonhos, aventou a possibilidade duma intenção desleal do amigo. Palmira, por sua parte, quando os seus hóspedes e convivas, no mais aceso dos brindes em lautos banquetes, lhe balanceavam o incensório dos louvores, baixava os olhos, inclinava a cabeça, e mostrava aceitar resignada o incenso, em obséquio aos turibulários.

Era aquela a atmosfera inebriante dos anelos da morgada da Fervença. Lembranças de sua vida conjugal em Tibães afastava-as com repulsão.

A imagem de Eleutério fazia-lhe vergonha de si mesma. Tornou-se desnecessária a leitura ao recreio das suas noites. Preferia, à falta de teatros, passear a cavalo ao clarão da Lua, ladeada de Afonso e de D. José de Noronha, a mais íntima e feliz testemunha dos prazeres de Afonso. Tinham noitadas de estenderem a Sintra os seus passeios, ora serenos e contemplativos, ora em correria vertiginosa, à vontade e capricho de Palmira, cujo cavalo negro ela denominara...

– Eleutério?! – perguntei eu, cuidando que adivinhara, quando o meu amigo chegou a esta altura da história.

– Não, nem tanto... – respondeu Afonso – chamava-lhe *Lúcifer.*

– Que desprezo do monarca do inferno! Parece-me que Palmira não tinha virtudes para zombar assim da personagem que provavelmente lhe há de pedir eternas contas da nomenclatura do quadrúpede!

Vamos no prosseguimento desta celestial felicidade, em que o inferno apenas lembrava em virtude do nome do cavalo.

No termo de um ano, Afonso de Teive tinha escrito, a largos prazos, pouquíssimas cartas a sua mãe. Noutro relanço viria mais bem cabido o falar-se da virtuosa senhora e da angelical Mafalda. A promiscuidade faz-me susto de vituperá-las. Mas é preciso dizer que D. Eulália, em cumprimento da sua promessa, remetia ao filho as quantias avultosas que ele exigia, e o produto duma quinta de sua legítima paterna, logo que Afonso lho determinou. Fernão de Teive comprara a quinta clandestinamente por intervenção do seu mordomo. O ouro entrava em torrentes naquela voragem, de onde retornava em carruagens, em baixelas, em festins, em sedas e brilhantes, em apostas soberbas no jogo, em extravagâncias de soada fama, em empréstimos aos comensais. No decurso dos doze meses, apenas Fernão de Teive mandou um triste *memento homo* ao rebuliço daqueles júbilos. Eram estas palavras unicamente:

Lembra-te, Afonso, de teu tio-avô Cristóvão de Teive.

Afonso sorriu e perguntou a Palmira se lhe via sinais de lepra. A jovial criatura, informada da intencional alusão, cascalhou umas risadas de que muito se compraziam os ouvidos do amante, as quais, no dizer de D. José de Noronha, tinham uma alegria contagiosa, que faziam bem aos infelizes. Afonso não respondeu ao velho de Fonte Boa; mas, numa hora de solidão em seu particular gabinete, somou as parcelas hauridas de sua casa, e espantou-se; calculou a quantia necessária para vinte anos de vida, e descobriu que no fim de dez anos devia estar morto, para não pedir esmola aos parentes. Levantou-se pensativo desta operação aritmética; saiu do gabinete; e encontrou Palmira a lembrar-lhe a conveniência de arrematar um camarote de São Carlos, que estava a lanços, Afonso respondeu tristemente: "Pois sim". Palmira não viu linha alguma extraordinária no rosto do amante, beijou-lhe os olhos e disse: "És um anjo!"

Desde aquele fatal dia dos cálculos sobre as despesas de vinte anos, Afonso cismava a miúdo nos dez que restritamente lhe ofereciam os seus presuntivos cabedais, contando já com o falecimento da mãe. "Infame cláusula dos meus cálculos!", dizia ele com os olhos a reverem lágrimas de remordente remorso, treze anos depois.

Palmira, afinal, deu tento da melancolia de Afonso; e antes de consultar-lhe a causa, perguntou se a não amava já. O interrogatório afligiu o moço. Reconheceu que faltavam naquela mulher as sérias qualidades de espírito para lhe escutar o motivo de suas abstrações, em meio dos favores da fortuna.

Manifestou Palmira o seu insofrido orgulho. Simulou um recolhimento de amargura cavilosa. Pranteou-se, perguntando ao céu, em atitude trágica, se a expiação começava tão cedo. Afonso acariciou-a, já condoído dela, e revelou, com desdém de seus próprios temores, a causa mesquinha deles. Palmira observou-lhe que a fortuna dela, à sua parte, excedia o valor de vinte e cinco contos, e propôs-lhe requerer-se divórcio, desde logo. O bizarro moço recusou a proposta, ajoelhando em espírito à generosa oferta de Palmira.

Passou a nuvem. Requintaram os gozos e as despesas. Projetaram-se passeios ao estrangeiro. D. José de Noronha era grande parte e conselheiro nestes prospectos de recrescente felicidade. Lembrou Palmira a Semana Santa em Sevilha. Foram a Sevilha, detiveram-se por Espanha dois meses até pressentirem uns longes de fastio. Voltaram a Lisboa no antegosto de planeadas excursões à Itália. Afonso de Teive entrou no seu escritório, em busca de cartas, e abriu primeiro uma das duas de Mafalda, antes que Palmira o surpreendesse a lê-las. Rezava assim a primeira:

> Meu primo. A nossa mãezinha está muito adoentada, e causa receios ao médico de Braga, que vem aqui todos os dias. Não me autorizou a chamar-te; mas eu, depois de consultar meu pai, resolvi participar-te isto, e pedir-te que venhas ver esta santa. Ela não cessa de chorar e rogar a Deus por nós. Vem pedir-lhe que, ao sair deste desterro, continue a pedir no céu por ti, por mim, e por todos os infelizes. Tua prima, *Mafalda*.

Era datada esta carta em 6 de abril de 1852.

A outra, datada em 18 do mesmo mês, continha o seguinte:

> Meu primo. Acaba de expirar tua mãe. São cinco horas da manhã. Morreu-me nos braços. Dava três horas o relógio, quando ela disse que havia de expirar quando raiasse o dia. Assim foi. Falou de ti até à última e ordenou-me que te mandasse uma carta, que ela escreveu no segundo dia de sua enfermidade. Admirei que me não respondesses ao menos à que eu te escrevi então. Deus sabe o que vai na tua vida. A santa lá está no céu: ela conseguirá o que for melhor para ti, em conformidade com os decretos do Altíssimo. Aqui está meu pai a cuidar nestes tristes preparativos para o enterro. Já dobram os sinos. Não me deixam escrever as lágrimas. Adeus, Afonso. Tua prima, *Mafalda*.

Afonso, concluída a leitura desta segunda carta, bradou: "Meu Deus, meu Deus!", e caiu de joelhos, escondendo a face nos estofos duma otomana.

Acudiu Palmira aos gritos. Afonso ergueu-se, com as mãos no rosto, e, abafando os soluços, pôde dizer: "Morreu minha mãe!"

– Chora no meu seio – disse ela comovida –, chora, meu querido filho! Tens ainda este grande coração que te abriga na tua angústia.

Estas palavras alancearam mais a alma do meu amigo. Pareceram-lhe um sacrilégio, uma injúria à memória da mulher cuja vida fora uma enchente de virtudes. "O coração da adúltera a dar abrigo à dor de um filho!" Era a consciência que assim lhe gritava, não era ainda o tédio. Era, talvez, a repugnância de se encostar ao seio da mulher por amor de quem deixara morrer sua mãe, esquecida, desprezada mesmo, lembrada algumas vezes como senhora meeira da casa, cujo herdeiro ele era.

Afonso pediu a Palmira que o deixasse sozinho. Ferida em sua vaidade, considerando-se inútil em consolar o homem fraco, o homem debulhado em lágrimas, Palmira cruzou os braços e abanou a cabeça. O atribulado moço não vira aquele gesto; mas ouvira as palavras que o denunciavam:

– Não basta o amor da mulher amante para consolar as saudades de uma mãe. Eu também a tinha, quando te amava, e abriguei-me no teu coração. Que diferença...

Afonso irou-se; mas abafou a cólera num gesto de impaciência. Palmira compreendeu-o, retirou-se lançando os olhos às duas cartas, que estavam abertas. Encostou-se à mesa, e leu-as sem lhes pôr mão. Lidas, sorriu-se, remexeu ainda na língua uma ironia infame, não ousou proferi-la, e saiu. É que a mulher impura muitas vezes espumara o pus do cancro do orgulho, que a doía, na face imaculada de Mafalda, que o moço indiscreto algumas vezes, com fatuidade, relembrava como desgraçada na sua amorável dedicação.

Assim que Palmira saiu, Afonso, a tremer calafrios, deslacrou a carta de sua mãe. Dizia assim:

Meu filho. Muito há que eu peço a Deus que me despene. Já me cansava a vida com tão aturado padecer, e nenhuma esperança de remédio.

Agora espero que a misericórdia do Senhor me atenda; e, se me diz verdade o coração, é chegada a hora de eu escrever umas linhas, que te serão mandadas quando eu tiver passado.

Bem sabes tu, meu filho, que eu, cheia de terror do teu pecado, voltei para Deus a minha aflição, e nenhuma palavra de censura te escrevi. O que eu podia fazer para livrar-te estava inutilmente feito. Era tardio tudo que fizesse depois. A infeliz criatura estava já contigo. Ninguém sem ordem do céu poderia remi-la da sua perdição. À minha presença veio o desgraçado marido de Teodora pedir-me que te movesse a influir no ânimo de sua mulher o recolher-se num mosteiro. Consultei primeiro a vontade divina, e depois a razão humana. As minhas orações, se pudessem com Deus alguma coisa, lá iriam à tua alma em abalo de consciência. O Senhor não quis. As pessoas a quem pedi voto sobre escrever-te, segundo o pedido do homem de Teodora, todas me disseram que eu ia abaixar a minha dignidade num requerimento vão e desconforme à natureza da tua desgraça. Abaixar a minha dignidade não me custava nem humilhava; mas, sem esperança de te mover com as minhas pobres razões, antes quis orar, e orar sempre a quem tudo podia.

Bem sabes, meu filho, que eu, nem mesmo ao remeter-te num ano o rendimento de quatro, afora o produto da quinta vendida, nada te disse respeito à causa dos teus desperdícios, prometedora de tua inevitável pobreza.

Conheci que eu, em tua vida, já nem sequer valia para amiga, muito menos devia esperar respeito e amor à minha autoridade de mãe. Disse comigo que era irremediável a tua desgraça, e esmoreci de todo em todo.

Mandou o Senhor para o meu lado tua virtuosa prima. Choramos ambas; mas o anjinho, mesmo em prantos, consolava a pobre que lhe via a alma em grandíssimas mortificações.

Agora, meu filho sempre querido, é tempo de te abençoar, de te perdoar as dores que me deste, e rogar-te que me vejas aos pés do Altíssimo, se a sua misericórdia me descontar as agonias nas muitas culpas de minha vida. Não te mortifique o pesar de me haver deixado morrer, sem que a tua vida se lavasse, pelo arrependimento, do desonroso crime que a disforma. A todo o tempo, se sentires o voluntário brado da consciência, escuta-o, remedeia-te, e foge de ti mesmo para te encontrares na justiça benigna de perdoador de crimes iguais. Eu serei então em espírito contigo para te ajudar a reformar o teu ânimo, e alentar em teus desfalecimentos.

Dos desbarates e perdimento dos teus haveres, faz muito por salvar ao menos esta casa onde nasceste, e a quinta que te dará abundante pão na velhice, se Deus ta der, como tempo de merecer o céu. Aqui nasceu teu pai, e muitas gerações de santas e honradas pessoas. Salva esta casa, que tens nela a sepultura de teus pais e avós.

Se alguma vez voltares aqui, e tua prima for viva, estima-a, em paga dos carinhos que lhe fico devendo, e do beijo de filha, que ela me há de dar quando eu expirar em seu seio. Aqui te lança sua derradeira bênção a tua boa mãe, *Eulália*.

17

Encerrou-se Afonso por espaço de oito dias, inconsolável aos afagos de Palmira. Os amigos, seus sócios de vida viciosa e soberba de sua culpa, e contubernais logrativos das suas dissipações, enfureciam-lhe o tormento do remorso. Furtava-se à vista deles, fechando-se, quando vinham, com o semblante composto de falso compadecimento, lembrar ao amigo, em luto de oito dias, que um homem de razão clara tinha obrigação de ser superior a sofrimentos comuns e naturalíssimos, tais como a morte de uma mãe. Palmira ia ao salão receber os pêsames, e combinava-se com os cavalheiros admirados da pusilanimidade de Afonso. "Eu sofro muito", dizia ela a D. José de Noronha alquebrando o rosto em desconfortada pena, "ao ver que a minha solicitude consoladora nada pode com Afonso. O coração da mulher, que renunciou à satisfação do dever, e se imolou aos caprichos transitórios dum homem, deve também renunciar ao poderio de desviar duma sepultura os olhos dele. Assim se é castigada, quando se é culpada como eu." A tais razões, proferidas com os olhos no teto, respondia D. José de Noronha: "Eu hei de acreditar que Afonso deixou de amar apaixonadamente Vossa Excelência quando ele se confessar um monstro, e a honra for banida neste mundo. Eu só compreendo o esquecimento da honra, quando é preciso sacrificá-la a uma senhora como Vossa Excelência. Ainda bem que há uma só, para se não abjurarem os seus deveres sociais." Ora, o estilo de Afonso – digamo-lo de corrida – era muito mais lhano e correntio.

O filho de Eulália, passado o primeiro mês de luto, disse com suaves maneiras a Palmira que o seu ânimo estava passando por estranho reviramento, no tocante a prazeres falsos do mundo; que resolvia diminuir as suas relações e as suas superfluidades; que tencionava ocupar algumas horas na leitura, em que felizmente Palmira o acompanharia, revivendo a sua esquecida afeição aos livros; que aceitava como inspiração de sua santa mãe o desapegar-se de regalos vãos, deleites de mera vaidade, que perdem seu sabor ainda antes de se acabarem; finalmente, concluiu Afonso: "Vivamos como amantes que dispensam serem admirados para serem venturosos."

Palmira sorriu, e disse:

– Bem sei... bem sei, Afonso.

– Que sabes tu? – perguntou brandamente o moço. – Diz o que sabes, minha amiga.

– Compreendo a mola oculta do teu novo programa de vida... E o cansaço... Já me chamas *tua amiga*. A mulher que ama, quando lhe dão tal nome, sabe que é coisa de pouca monta para quem lho dá. Fala-me claro; sentes o entojo de impressões novas? As cartas de tua prima é que levantaram em teu espírito essas poeiras de tardia virtude? Nada de refolhos, Afonso. A minha opinião é que nenhum de nós se constranja. As peias, impostas mesmo pelo dever, são um infortúnio muito bem conhecido. Fazes-me pena, se o experimentas. Amas tua prima, Afonso?

– Não amo minha prima – respondeu serena e pacientemente o moço. – Se amasse Mafalda, decerto não estaria ao lado de Palmira. Estimo-a como irmã; respeito-a religiosamente hoje, por saber que o último alento de minha mãe o recebeu ela nos lábios... Porém, que tens tu com minha prima? Que injustas referências são essas que continuamente lhe estás apontando? Que mal te fez a triste menina, que vive e morrerá sem outro prazer senão o da sua virtude mal remunerada neste mundo?

– Virtude!... – interrompeu Palmira franzindo os lábios no sorriso de ironia injuriosa. – Sempre a virtude de tua prima em campo para contrastar naturalmente os meus vícios!... Pouquíssima generosidade é a tua, Afonso!... Terei eu de ouvir ainda de tua boca o libelo e a condenação das minhas culpas?! Pode ser, pode ser, e eu, envelhecida pela experiência de poucas semanas, não terei de que espantar-me.

– Ofendem-me as tuas injustiças – redarguiu Afonso sofreando a impaciência. – Que direito te dou para tanto?

– Direito? Queres, por acaso, dizer-me que estou em tua casa?

– Essa pergunta é aviltante, Palmira!... Onde está a tua inteligência, a tua crítica, e, propriamente, a tua vaidade? – redarguiu Afonso de Teive. – Desconheço-te, estás a descer sem impulso estranho...

– A descer da tua consideração? – acudiu ela ressabiada.

– Quem o duvida? A mulher de alma nunca faz semelhantes perguntas a um homem como Afonso de Teive. Queria eu dizer que não te dava direito, ou causa a ofender-me.

– Bem! – tornou ela, amaciada a voz com falso acordo. – Aceito a explicação. Perdoemo-nos reciprocamente, e sejamos... *amigos*, sim?

– Como tu feriste ironicamente a palavra *amigos*!...

– É que me não toa bem nos ouvidos do coração – replicou Palmira risonha, chegando a face aos lábios do moço que a beijaram friamente.

– Enquanto ao teu novo traçado de vida – volveu ela – queres que se cumpra, em rigor, como está ordenado, sim?

– *Ordenado* não é o termo próprio. Consulto-te, expus em breve as minhas razões; mas se te despraz...

– Apraz-me tudo que te contenta, meu Afonso. De hoje em diante reformam-se os nossos costumes. Vendem-se os trens? Traspassa-se o camarote? Vamos habitar uma casa modesta... Queres, Afonso? Também eu.

Não escapou a Afonso o tom irônico de tais perguntas. Caiu em si de repente, e viu-se em começos de castigo. Apagaram-se muitas luzes do altar em que ele tinha o belo barro idolatrado. Fugiram-lhe para sobre o túmulo de sua mãe os olhos da alma, e viram Mafalda de joelhos na lajem da capela com a face apoiada no mármore do jazigo. As luzes restantes do altar ficaram para lhe mostrar o odioso da mulher de Eleutério.

Às perguntas retrincadas não respondeu Afonso... Ergueu-se e saiu do seu quarto. Refugiou-se no mais recôndito do palácio, para chorar a salvo do oprobrioso sorriso de Palmira. Depois, voltou ao seu escritório, e escreveu a Mafalda esta carta, significativa de mudança temporária, senão fundamental, em seu espírito:

> Prima Mafalda. Vai ao pé do túmulo de minha mãe, e repete-lhe as palavras desta carta. A justiça de Deus esmaga-me. Sou eu que vergo debaixo do fardo de afronta que levantei da lama com minhas próprias mãos. O arrependimento dos desvarios da mocidade não costuma atalhar tão cedo a carreira dos grandes desgraçados. Fere-me Deus tão cedo!, é porque me quer desatar deste jugo de infâmia. Auxiliem-me as orações de minha mãe, que eu sou fraco. Venham golpes de desengano, bem pungentes, para que se faça o dia da razão em minha vida. A aurora deste dia já aponta; mas o meu coração ainda está envolvido em trevas, e cheio de amargura. Santas devem ser as tuas orações, Mafalda. Eu dobro o joelho ante a memória de nossa mãe, ouso invocar a sua intercessão no céu; sei que a alma bem-aventurada não repele o mau filho que a crucificou nos últimos anos, quando me ela pedia seio onde encostar as suas cãs. Mafalda, anjo solitário, que vês com os olhos puros as estrelas da nossa infância, ora por mim, dá-me a tua piedade, que nenhuma outra me dá este mundo. Escreve-me, diz ao teu venerável pai que me escreva. Lembra-lhe os pardieiros das Taipas... Diz-lhe que o neto de Cristóvão de Teive sente já no coração o corroer das úlceras que carcomeram a pele do emparedado. Amai-me ambos, defendei-me de mim próprio, que o esteio da religião não pode com o peso de meus desatinados. Teu primo, *Afonso.*

Mandou Afonso lançar a carta na caixa postal.

Um quarto de hora depois, entrava Palmira, fremente de raiva, com a carta aberta, exclamando:

– Isto é uma grande miséria, e uma grande infâmia, Sr. Afonso de Teive! A minha dignidade vem pedir que esta afrontosa carta seja reformada.

Afonso lançou mão da carta, e recuou horrorizado da vilania de Palmira. Secou-se-lhe a garganta e lábios ao queimar dum hálito de cólera que lhe calcinava o peito. Não pôde falar. Saiu do quarto, chamando a brados o criado a quem incumbira a remessa da carta. Já não era criado de Afonso o miserável que vendera o sigilo do seu amo pelo ouro dele mesmo; fugira bem remunerado. No entanto Palmira esbracejava de sala em sala, soltando gritos pavorosos. Afonso, congestionadas as fontes de sangue, e o coração em arrancos no peito, fincava os dedos nas carnes da face, tapando os ouvidos para não ouvir os clamores da mulher cuja fúria recrescia à proporção do desprezo com que os próprios criados lha escutavam.

Afonso de Teive saiu aforrado como quem foge; foi lançar a carta por sua mão; divagou horas no mais desfrequentado dos arvoredos do Campo Grande. Aí sentiu orvalhos do céu esfriar-lhe o afogo da febre. Olhou ao céu com as mãos erguidas, e disse: "Oh minha mãe!". Ao cair da noite, voltou a casa, e viu no pátio o *gig* de D. José de Noronha. O seu lacaio particular, antigo criado de sua mãe, acercou-se cautelosamente dele, e disse:

– Fidalgo, não se aflija... Tenha ânimo, fidalgo, e não deixe fazer o ninho atrás da orelha.

O chulo da frase ofendeu-o, e a intenção misteriosa ainda mais.

– Que queres dizer, animal? – perguntou Afonso.

O criado coçou-se, fechando os olhos, e respondeu:

– Lá em cima está o senhor D. José de Noronha.

– Que tem isso? Não o tens aqui visto tantas vezes? Responde.

– Tenho, tenho, e Deus sabe se cá por dentro me não tem dado guinadas de lhe partir na cabeça o *gig*.

– Por quê? Vem cá... Entra nesta loja comigo... Fala claro! – dizia Afonso com sufocada veemência. – Que desconfias tu de D. José?

– Desconfio, fidalgo, que a senhora D. Palmira não é fiel a Vossa Excelência.

– Mentes!, mentes! – bradou Afonso. – Prova-mo, se não mato-te.

– Não há de matar, se Deus quiser, senhor morgado – volveu tranquilamente o Tranqueira, nome que merece ser lembrado. – Faz favor de tomar ar, e ouvir com sossego. Estes negócios não vão assim de afogadilho. Dê tempo ao tempo.

– Não é tempo ao tempo, é já, imediatamente. Diz o que sabes, Tranqueira, que se me fende a cabeça.

– Fidalgo, aí vai o que sei. O criado que fugiu esta manhã, sem que eu lhe pudesse pôr os dez mandamentos, foi cá metido pelo lacaio da senhora, e era lá muito colaço dela. Uns dias por outros, pisgava-se do serviço o rapaz, e andava por lá quatro horas. Antes de ontem, tirei-me dos meus cuidados, e fui-lhe na pista muito à socapa. Levei-o de olho até à Rua de Santa Bárbara, e lá esgueirou-se-me. "Querem vocês ver que o diabo as arranja?", disse eu cá c'os meus botões. "Estará ele metido em casa de D. José de Noronha?" Meu dito meu feito! Daí a menos de três credos saía o malandro de casa do tal suplicante, e vinha, anda que anda por ali fora. Saí-lhe eu duma travessa, e disse: "Tu donde vens, Antônio?" O patife engasgou-se, e nem pra trás nem pra diante. "Tate!", disse eu, "aqui há tratantada. Se ele fosse a coisa boa, dizia-o." Pus-me a considerar no que havia de fazer. "Eu, se lhe digo que o vi sair de casa de D. José, espanto a caça, e fico por mentiroso, dizendo o que vi a meu amo! Que hei de eu fazer? Embucho o que sei; tomo à minha conta espreitar a ama... – a ama!, que a leve o diabo, que quem me paga é o fidalgo –, espreito, e se pilho a melgueira em termos, esbarronda-se o negócio, e meu amo dá cabo deste ladrão que o veio desonrar a sua casa."

Afonso, além da voz do Tranqueira, ouvia um zunido e fisgadas dentro do crânio, como se lá se contorcesse e mordesse o cérebro um enxame de vespas.

O criado continuou:

– Antes de ontem à noite apareceu aqui o D. José. Fui em palmilhas atrás dele. Vi-o entrar na sala do tapete azul, e retirei-me assim que vi Vossa Excelência entrar também com a senhora. Desde então não tornou cá senão agora; mas como lá está com ele outro amigo, acho que não tem dúvida, e por isso vim para aqui esperar o fidalgo. Aqui está o que eu sei, meu amo. Bote lá as suas contas, e deixe-me dar uma carga de lenha no tal menino, se for preciso.

Afonso pôs a mão direita sobre o ombro do Tranqueira e disse:

– Obrigado, teu amo agradece-te os cuidados que tens com a sua honra. Recomendo-te que não digas uma palavra a tal respeito. Ouves, Tranqueira?

– Então isto fica em água de bacalhau? – perguntou o criado, abrindo e fechando as mãos.

– Já disse, nem uma palavra. Os teus cuidados agora passam para mim.

– Bem me fio eu nisso! – murmurou o lacaio na ausência do amo.

Afonso entrou no seu quarto; viu-se a um espelho; esperou que o rubor da excitação se descorasse, compôs o semblante, e passou à sala onde estavam Palmira, D. José de Noronha, e um particular amigo deste.

Palmira, no sofá, tinha os braços em cruz sobre o seio, e a face inclinada sobre eles. D. José de Noronha folheava sobre a jardineira as *Mulheres de Walter Scott*. O amigo estava sentado na poltrona contígua ao sofá. Cortejou Afonso os dois cavalheiros, depois de estender a mão a Palmira, com tão demasiada cerimônia, que lhe não roçou as pontas dos dedos. Esta ação, depois da luta da manhã, pareceu naturalíssima à esposa de

Eleutério. Depois, achegou-se serenamente de D. José, observou a Flora Mac-Ivor do romancista escocês, concordou com D. José na primazia da gentileza desta heroína, disse poucas mais palavras, e pediu licença para recolher-se, obrigado por uma fortíssima enxaqueca. Tudo isto com um natural irrepreensível.

Entrou Afonso no gabinete de Palmira. Havia ali uma secretária de mogno, com espelhos, cravejada de gavetinhas moldadas pelo feitio dos antigos contadores. Tiradas as gavetas da primeira série, encontravam-se uns *falsos* de segredo, conhecido dele, que fora o primeiro possuidor da engenhosa alfaia. Instigado pela suspeita, tirou Afonso pelos botões da gaveta central: estava fechada, e as duas laterais abertas. Concluiu que a do meio segredava uma revelação. Procurou um ferro jeitoso com que fazer saltar a fechadura: serviu-lhe a ponta dum punhal. Cedeu à frágil lingueta estalando. Tirou Afonso a gaveta, que continha joias; levou o dedo ao imperceptível botão que abria o *falso*, e tirou dois macetes de cartas, e uma solta. Abriu esta, e leu as primeiras linhas. Uma sombra de dúvida seria estupidez máxima. Dizia:

> É preciso cuidado com o lacaio de A. Encarou-me ontem de certa maneira... Emprega o nosso Antônio na espionagem de alguma suspeita. Amanhã vai comigo o D. A. M.; se for propícia a ocasião, ele sairá a tempo, etc.

Passou Afonso ao seu quarto para deliberar meditando. Que lance para meditações! Daí a pouco ouviu o rugir das sedas de Palmira. Lançou-se apressado sobre o leito, com a fronte entre as mãos.

– Estás melhor? – disse ela maviosamente.

– Não.

– Cuidei que estarias deitado. Que hás de tomar, meu filho? – volveu ela, inclinando-se ao rosto de Afonso. – Que tomas de ceia?

– Nada.

– Estás ainda muito irado contra mim? – replicou ameigando-o.

– Deixa-me, que me custa falar. Vai à sala se está lá gente.

– Irei, se de nada te sirvo aqui, e de mais a mais te importuno. Ainda lá estão aqueles maçadores... Logo voltarei a saber de ti.

18

Voltou Palmira à sala, e, momentos depois, reapareceu no quarto de Afonso, perguntando se D. José de Noronha e D. Antônio Mascarenhas podiam, não incomodando, visitá-lo. Afonso respondeu, sem alteração, que lhes agradecia o cuidado; mas confiado na amiga familiaridade com que o tratavam e eram recebidos, esperava que o deixassem estar em silêncio, a ver se assim a dor de cabeça se mitigava. Palmira entrou bem assombrada na sala, e disse a D. José: "Não há que desconfiar. São saudades de Mafalda, rebuçadas nas saudades da mãe."

Entretanto, Afonso, lançando-se do leito, examinava os fulminantes das pistolas... Seja ele o narrador deste indescritível transe:

"– Ao tempo em que eu revocava toda a minha reflexão para definir os atos sequentes ao homicídio, senti no coração uma rija pancada e, para assim dizer, quase apalpei ante meus olhos desvairados o vulto de minha mãe. Depus as pistolas, e ajuntei as mãos. Ainda agora me maravilha a passagem rápida da vertigem, em que a minha honra me impunha matar o infame, para a tranquila consideração sobre a ineficácia do homicídio como vingança da perfídia. Atribuo esta mudança inverossímil, segundo a lógica das paixões, a mais forte poder que o da alma humana. Nesta suspensão, pedi ao espírito de minha mãe que me acudisse com o conselho salvador. Não ouvi resposta alguma, nem o meu entendimento concebeu algum desígnio. O que vi foi a imagem de Eleutério, na sala da estalagem de Barcelinhos, no momento em que, lavado em lágrimas, dizia à mulher: 'Castigada te veja eu, e Deus me vingue!'

"Eis aqui a resposta da alma bem-aventurada; eis aqui as indiscretas respostas da Providência.

"Entendi que soara para mim a hora da expiação, anunciada pela visão do marido, cortado de angústias, superiores à minha. Faziam-se aceleradas transformações em meu ânimo; todas, porém, estranhas ao primeiro intento de matar. Lembrou-me fugir a ocultas de minha casa, e esconder da infame e do mundo a explicação da minha fuga. Acudia-me logo outra ideia, argumentando contra a miséria daquela. Lembrou-me propor a Teodora a separação, reservando a razão da proposta. Não sei quantos projetos disparatados ou irrisórios se atropelaram na minha pobre cabeça. 'Serei eu um cobarde?', perguntava eu logo à minha consciência. Vinha então outra vez Eleutério postar-se ante mim e dizer à mulher que o fitava com desprezo: 'Castigada te veja eu, e Deus me vingue!'

"Desligado da menor premeditação, assaltou-me de repente uma ideia, cujo alcance e desfecho eu não me curei prever. Tirei dos bolsos as cartas de Palmira, encontradas no segredo da secretária, e dirigi-me à sala. Ao sair da porta do meu quarto, vi um vulto a sumir-se na extrema do corredor. Estuguei o passo, e o vulto parou. Era o meu criado Tranqueira. Perguntei-lhe o que fazia ali. 'Estou de plantão', respondeu ele. Ainda agora, ou agora verdadeiramente, é que eu posso rir da resposta e admirar o homem que a deu. Inclinou-se ao meu ouvido, e continuou: 'Como dei fé que o patrão se deitou, não quis deixar o negócio ao deus-dará: é o que foi'.

"Entrei na sala a passo mesurado, e quase a súbitas. Estava D. José ao lado de Palmira na mesma otomana. D. Antônio folheava as *Mulheres de Walter Scott*. Palmira estremeceu ao ver-me assomar debaixo do reposteiro. D. José, embrutecido pela surpresa, não se moveu da posição denunciante da extrema familiaridade. Em minha presença, nunca ele se sentara a par de Palmira no mesmo estofo. Voltando a si da estupefação de momentos, ia levantar-se, quando eu lhe disse: 'Não se incomode, senhor D. José de Noronha. Está bem. Os meus amigos em minha casa são os donos dela'.

"'Essas maneiras esquisitas, Afonso...', tartamudeou D. José, enquanto Palmira, perplexa ainda, manifestava sua dúvida no abrimento da boca e esgazeado das faces.

"Não respondi à banal reflexão de Noronha. Voltei-me para D. Antônio, e disse-lhe: 'O Sr. Mascarenhas é de mais aqui. *Se for propícia a ocasião, ele sairá a tempo* – diz a carta do nosso amigo D. José. Vossa Excelência devera já ter saído.'

"Relanceei de revés um olhar a Palmira. Vi-a sobressaltada e lívida, agitando-se em convulsos movimentos, sem todavia se erguer do sofá. D. José erguera-se, apoiando-se ao espaldar de uma cadeira. D. Antônio encarava-me com ares de pavor. Eu continuei: 'A figura do Sr. Mascarenhas neste quadro é de mais. Queira sair.'

"'Eu vou com D. Antônio', disse o Noronha.

"'Ele que o espere na rua' – respondi, voltando levemente a cabeça sem o encarar.

"D. Antônio tomou o chapéu com presteza, baixou a cabeça a Palmira, e saiu, cortejando-me.

"A mulher da estalagem de Barcelinhos voltou ao corpo de Teodora. Ei-la em pé, com a serpente da soberba a enfuriar-lhe os gestos.

"'Que significa isto?', – exclamou ela. 'Acabemos esta situação sem grandes cenas! Que vem dizer-me o Sr. Afonso?'

"Confessarei que me senti pequeno diante deste cínico interrogatório! Que havia eu de responder à mulher que rebatera com escárnio e arrogância as moderadas agressões do marido? Com quê direitos ia eu ali, desonrado, pedir contas de sua e minha honra, a ela, que estava perdida? E a infâmia era comum de ambos, porque ambos éramos criminosos. Que falsos brios tinha eu por mim a inspirar-me uma resposta digna daquelas perguntas? Somente assim posso agora dar-me conta da minha mudez de então.

"E ela, acoroçoada pelo meu espantado silêncio, prosseguiu: 'Abjurei dos deveres da honra, perdi-me, atirei-me cegamente aos seus braços, Sr. Afonso de Teive. Satisfiz os seus caprichos, favoreci-lhe o orgulho de ter uma odalisca no seu palácio, prestei-me a enfeitar de falsos risos o meu semblante, mostrei-me ao mundo com o ar alegre da escrava que idolatrava a sua servidão, enquanto o Sr. Afonso, enlevado nos ideais amores duma prima...'

"'Infame!', atalhei eu. 'Se tem de citar nomes de mulheres no seu arrazoado, procure-as, se as conhece, nas derradeiras paragens do vício!... Não suje o nome de mulher alguma; toda a mulher, não caída na última abjeção, impõe respeito à amante de D. José de Noronha, hospedada em casa de Afonso de Teive.'

"'Bem!', exclamou ela. 'A amante de D. José de Noronha agradece a hospedagem, promete mesmo pagá-la da altura da sua independência, e vai sair, impondo silêncio ao insultador.'

"Pois saia', tornei eu, 'mas leve consigo o esterco com que sujou a minha casa!' E, dizendo, atirei-lhe ao rosto os macetes das cartas.

"Palmira, como se um áspide lhe mordesse um pé, deu um salto de fera enjaulada. D. José de Noronha tremia.

"E eu continuei, voltado contra ele: 'A infâmia é assim; tem esses desmaios de cobardia, que desarmam o ódio e levariam à piedade, se o nojo não estivesse aquém da virtude da compaixão. Senhora D. Palmira, aqui tem um paladino, que a não há de deixar corar sem desforço diante dos seus insultadores. Siga-o. Tem uma sege às suas ordens se o pudor lhe não permite entrar no carro do amante. Enquanto ao senhor D. José de Noronha, saia, e espere-a na rua.

"Palmira fugiu da sala em arremetidas de louca. D. José saiu com o rosto abatido sobre o peito. E eu caí extenuado sobre uma cadeira, cuidando morrer ali afogado de congestão de sangue no coração. Daí a momentos ouvi o gritar estridente de Palmira, e um grande rebuliço no pátio. Quis debalde levantar-me. As pernas tremiam-me como se todos os nervos me estivessem golpeados.

"Abaterei agora a linguagem trágica do sucesso para te narrar o que se passava no pátio.

"O Tranqueira, posto de plantão, como ele dissera, não saiu da sala de espera, ou do próximo corredor. Momentos antes da saída de D. José, descera ele ao pátio. Quando o aturdido infame ia passando, saiu Tranqueira do seu quarto com a lanterna do serviço das cavalariças. Avizinhou-se de D. José, meteu-lhe a luz à cara, e disse-lhe: 'O fidalgo, se me não engano, leva a sua pontinha de febre!... Acho-o muito vermelho; e não será mau refrescar-lhe a cabeça.' Disse, depôs a lanterna, sobraçou-o pela cintura, fincou-lhe a mão esquerda no gasnete, levou-o de borco sobre a cisterna do depósito de água para os cavalos, e baldeou-o dentro, exclamando: 'Há de ir fresco; há de ir fresco, seu alfacinha!' Os outros criados ainda quiseram valer-lhe; mas Tranqueira desfizera-se do jóquei de D. José, rechaçando-o com um pontapé tangido por fúria digna de melhor adversário. O desgraçado caíra de cachapuz e lograra logo romper com a cabeça à flor de água; mas do pescoço abaixo ficou empoçado, sem poder marinhar aos bordos da cisterna, à míngua de pega onde fincar as unhas. O instinto da vida vencera o da vergonha. D. José gritava, e o Tranqueira, dando-lhe as boas-noites, fora para a cavalariça raçoar os cavalos. Os brados chegaram aos ouvidos de Palmira, a tempo que o jóquei se erguia do pontapé que o desintestinara, para, muito a custo, acudir ao amo. Desceu Palmira ansiada ao pátio, no momento em que o eleito de sua alma, na boca da cisterna, sacudia as bicas de água, e tiritava estalejando as maxilas.

"Fulminou-a o ridículo! Só o ridículo podia soçobrar aquela alma de têmpera, feita para reagir a todos os embates. Retrocedeu do portão para o escuro do pátio. Nem a comiseração lhe deu alentos para se aproximar do ensopado moço. Odiou-lhe talvez a cobardia naquela hora. Odiou-se talvez a si própria. Não sei. Avisaram-me que ela estava prostrada, e sem sentidos, no lajedo do pátio. Dei ordem às criadas que a transportassem ao seu leito. Minutos depois, abandonei a minha casa, levando comigo o criado que me vira nascer, o único homem diante de quem eu podia chorar.

19

"No dia seguinte, mandei de Sintra o criado a casa, informar-se dos sucessos decorridos... Quererias tu... agora penso que tu desejas saber como foi aquela minha noite... Passei-a na ida para Sintra. Quer-me parecer que parte de minhas faculdades morais ia atrofiada. Volteavam em redor de minha inteligência uns corpos, ora negros como o recesso dos abismos, ora ígneos como as fitas dos coriscos. Nem a memória de minha mãe se mesclava ao revolutear das minhas concepções desconsertadas. Era a febre, a procela do sangue encapelada na cabeça. O criado teve o instinto de compreender-me. Raras palavras me disse com resposta. Algumas vezes senti-me aferrado pelo seu braço; era quando eu ia despenhar-me do cavalo, sem dar tento da vertigem.

"Contava-me ele depois que eu, a intervalos longos, expedia gritos que lhe eriçavam os cabelos, e vociferava insultos, esporeando freneticamente o cavalo.

"Aqui tens a minha noite: não tenho outras memórias. Apenas me recordo que aos primeiros assomos da manhã se romperam os diques das lágrimas, e chorei por muito tempo.

"O criado partiu de Sintra com ordem de colher notícias. Voltou, entregando-me um papel aberto que o escudeiro lhe dera, escrito por Palmira. Era uma declaração de dívida indeterminada, ou que havia de fixar-se pela avaliação dos objetos de seu uso, que ela, ao sair de minha casa, levava consigo. Deviam ser vestidos e joias. Palmira, portanto, havia saído na manhã daquele dia.

"Ao entardecer, quando a tristeza caía do céu, como um luto de almas não já desditosas, mas ainda raiadas do íris da esperança, confrangeram-se-me em dor inefável as fibras do coração, dor de saudade voracíssima, saudade de Palmira, desejo ardente de vê-la não sei se para cair-lhe de joelhos aos pés, se para escarrar-lhe no rosto. Nenhum alívio pedido a todas as potências de minha imaginação, pedido a Deus, e ao amor de minha mãe, nenhum conforto experimentei. Era a desesperação, que pensa no suicídio. Deitei-me, confiado na esperança de cair em letargia de sentidos. Revolvi-me sobre espinhos em incêndio febril. Se algum instante o sopor me desfalecia, pulava-me o coração com tamanho ímpeto que eu espertava convulso, atirando-me do leito contra a janela, em agonias de estrangulado. O máximo horror das minhas visões era ela, nos braços daquele miserável, àquela hora. As mínimas circunstâncias dum espetáculo de devassidão, as mais secretas e lúbricas minudências se me traçavam patentes a uma claridade infernal. A oração, esse divino desabafo de enormes aflições, nem esse bem me valia um relâmpago de sossego à alma. Começava orando, a ansiedade recrescia, a fé desamparava-me, e então sobrevinha o desprezo de Deus, a negação da Providência, e um feroz deleite de blasfemar. Eu amava a mulher abismada, a mulher prostituída! Eu, santo Deus, com instintos tão nobres, educação tão religiosa, e respeitos tão profundos à dignidade! Pensava-o eu assim; dava-me eu então os epítetos usurpados à honra!... Eu que me enfatuara perante o mundo de acorrentar à minha vaidade a mulher formosa, em cuja fronte a moral escrevera um estigma, que eu cobria de brilhantes e flores, cuidando que a sociedade havia de respeitá-la assim, e humilhar-se diante da minha afrontadora opulência! Eu, ver-me esmagado, ousar pedir contas a Deus da iniquidade do seu arbítrio, e renegá-lo como ente inútil ao remédio da minha desgraça!...

"Mal me entreluziu a manhã, fiz aparelhar os cavalos, e voltei para Lisboa sem propósito feito. Durante a caminhada, o meu velho Tranqueira, enquanto as cavalgaduras se desfadigavam, acercou-se de mim com os olhos envidrados de lágrimas, e disse a medo: 'Meu amo, vamos embora de Lisboa; vamos para a nossa terra, que Deus e a Virgem Maria dará remédio.' Não respondi; mas pensei. A quietação da minha aldeia convidava-me; porém, entrando em espírito no interior da minha casa de Ruivães, ouvia com pavor o som dos meus passos naquelas salas desertas; faltava-me minha mãe ali; o anjo consolador fugira antes do meu resgate. Acudia-me à lembrança a minha triste Mafalda, a irmã terna, a meiguice da virgem compadecida; porém o meu coração, a porejar o esqualor da sua hedionda chaga, rejeitava os bálsamos dum afeto purificador.

"O tumulto das grandes cidades, com o seu engodo atraente da desordem da vida, quadrava mais à alma sedenta de não sei que filtros de lágrimas e sangue. Estava traçado o meu plano, quando cheguei a Lisboa. Qualquer resolução sacode o mais paralisado espírito. Senti-me forte para entrar em minha casa. Fui ao gabinete de Palmira, e abri as suas gavetas despejadas de todas as coisas de algum valor. A minha razão logrou um momento de lucidez: afigurou-se-me rasteira a índole de uma mulher, que, em conflito de tamanha vergonha, tivera ânimo para se andar por suas próprias mãos enfardando vestidos e enfeites, no intento de vestir as galas sedutoras de amantes novos. Refugi como envilecido dos aposentos de Palmira. Fui ao meu quarto. Fiz encaixotar as minhas roupas. Guardei a correspondência de minha mãe e de Mafalda. Queimei os restantes papéis, exceto as cartas de Teodora das Ursulinas. Por quê? Nem eu sei. Queria aquelas memórias da criança que então morrera...

"Chamei os criados, e despedi-os. Mandei fechar as portas ao meu Tranqueira, e, nesse mesmo dia, expedi ordens para a venda de carruagens, cavalos, e mobília. Alguns amigos conseguiram rastrear a minha residência obscura num hotel inglês em Buenos Aires.

"Procuraram-me, e eu não os recebi. A minha vaidade envergonhava-se deles. Nem a despedaçadora curiosidade de saber o destino de Palmira pôde vencer o orgulho escarnecido.

"No fim de nove dias, recebi carta de Mafalda, respondendo à minha. Ei-la aqui:

> Ambos te queremos do coração, Afonso. Meu pai não diz a teu respeito palavra de censura: chama-te infeliz, e mais nada. Quando tua mãe dizia em ânsias: "Perdi meu filho!", o meu bom pai ajuntava sempre: "Ele virá, minha irmã, que a sua índole é boa." Mostrei-lhe a tua carta, e vi-o chorar; pedi-lhe que te escrevesse, e ele disse-me: "Escreve-lhe tu, com a bênção de teu pai; diz-lhe que o amas sempre: eu dou-lhe o amor da minha Mafalda, consinto que ela o ame; é o mais que posso dar-lhe." Estas palavras escrevo-as por sua ordem, e desconfio que são inúteis para a tua felicidade. Ainda assim, em quereres a nossa amizade, primo Afonso, nos dás grande satisfação.
>
> Vejo que vives muito amargurado, desde que morreu a nossa chorada mãe. Se te mortifica o pesar de não ter vindo assistir-lhe à morte, tranquilize-te a certeza de que ela te perdoou. Bem sabes que santinha e que mãe ela era. Eu fui ler à beira da sua sepultura a tua carta. Li-a em voz alta, cortada de gemidos. Depois orei muito, e levantei-me de ao pé dela tão desoprimida e satisfeita que tomei por instinto do céu a minha ale-

gria. Pode ser que esta carta vá encontrar-te no gozo do alívio que eu senti então.

Bom seria, meu primo, que tu mandasses cuidar um pouco nos negócios de tua casa. Meu pai faz o que pode, e dirige o teu procurador; mas receia de não zelar os teus interesses como queria por falta de saúde, e pela distância em que vivemos de Ruivães.

Adeus, meu querido irmão. Cuida em ser feliz, e lembra-te com amizade da tua *Mafalda*.

"Respondi logo a esta carta, participando a minha prima que ia sair para Paris, no propósito de assentar ali a minha residência. Expressões afetuosas escassamente lhe disse as vulgares, as necessárias à formalidade de relações entre primos que se estimam. É que eu via em mim o aviltado homem que estava sendo, e de Mafalda mesmo tinha eu um certo pejo, vaidade ainda, a vaidade do homem que se julga desapreciado aos olhos de uma mulher, que o vê rejeitado de outra, embora vilíssima, embora repulsada da sociedade de mulheres aptas para honestamente avaliarem o merecimento do homem desprezado. Eu não queria nem podia, coberto de infâmia por Palmira, ir acolher-me ao amor de Mafalda. E depois, e sobretudo, meu amigo, bem que eu quisesse, não poderia amá-la então como a teria amado quinze dias antes, insuspeitoso da lealdade de Palmira. Sabem os experimentados, poderás tu sabê-lo que é uma exceção de almas fúteis a passagem rápida duma afeição a outra, quando nos pesa o opróbrio duma perfídia. O coração está lanhado, a fronte não ousa erguer-se para a mulher do amor de salvação, a dignidade geme sob o peso de vilipêndio, que cuidamos ler nos olhares afrontosos de todo o mundo, olhares que por vezes exprimem compaixão. Mas o que é em casos tais a piedade, senão injúria?!

"Escrevi ao meu procurador ordenando-lhe a venda de todas as minhas propriedades, salvando a casa e quinta de Ruivães. Na volta do correio, avisou-me ele de que havia comprador pronto;

e, poucos dias depois, recebi ordens de pagamento de trinta mil cruzados. Com estas ordens, vinha carta de meu tio Fernão de Teive. Dizia assim:

> Tua prima está enferma, por isso te não escreve; e eu também adoentado e tristonho mal posso escrever-te. Recebemos a nova da tua mudança para Paris. Vai com Deus, Afonso. Pode ser que a tua felicidade lá esteja. Folgo de te ver ir desligado da personagem que, segundo me dizem, foi afinal o que era rigoroso que fosse. Diante da mulher perdida todos os homens são iguais. Quereres tu o privilégio que o marido não teve seria um absurdo do teu orgulho. Teodora está em Braga promovendo o divórcio a fim de levantar-se com o seu patrimônio. O Eleutério, por intervenção de um meu compadre, quis que eu entrasse como ouvinte e conselheiro em suas coisas. Aceitei o convite como quem tem pouco que fazer, e passa as suas horas na cama a agasalhar a gota. Sou o depositário do borrador das cartas que ela te escrevia, sedutoras em verdade, e dignas de irem à estampa. Onde foi esta mulher aprender tanta palavra?! Estou em dizer que anda aqui muito amor de dicionário; e os sucessos posteriores levam-me a crer que era ainda pior o amor da criatura. Aqui estou eu a falar contigo à laia de rapaz! E o caso é que a dor do calcanhar esquerdo espalhou.
>
> O teu procurador avisa-me que vendeu as tuas quintas de Leirós e Gestal. Para te não dizer coisas tristes, e evitar que torne a dor do calcanhar, ponho aqui ponto. Mas sempre te direi, como irmão de tua mãe, e teu amigo deveras, que, exaurido o teu patrimônio, tens a minha casa. Se eu morrer – e ainda bem! – antes desse dia (dia, talvez, inevitável!) deixarei dito a Mafalda que seja sempre o que tua mãe e eu fomos para ti: o coração devotado sem condições. Adeus. Quando tiveres vagar, escreve-me de Paris. – Teu tio, *F. de Teive*.

"Alegrou-me a nova da ausência de Palmira de Lisboa. O dragão do ciúme desencravou-me as garras do peito. Que estúpida alegria! A suspensão da perfídia que importava ao desagravo do meu orgulho? Quão lastimáveis e ridículos somos, se uma vez perdemos o norte da legítima, da decente probidade! Nenhum liame de sã moral resiste a cancro do coração. Até o regenerarmo-nos tem para nós um certo ar de baixeza de ânimo, cena de comédia que faz rir o mundo.

"E eu, ansioso de um mundo novo, fui para França. Que cuidas tu que eu ia procurar em França?"

– O método mais fácil de gastar os trinta mil cruzados – respondi eu.

– Não me lembravam os trinta mil cruzados; ia procurar uma mulher; ia procurar o amor de salvação.

– E encontraste-o em França?

– Encontrei.

– Vejamos.

20

No oitavo dia de residência em Paris, Afonso de Teive não sabia que fazer da sua pesada inércia. Fechado no quarto de um hotel, ouvia os estrondos da babilônia e suspirava pelos silêncios da sua aldeia. Apresentara as cartas de cavalheiros de Lisboa na Embaixada portuguesa, recebera a visita dos compatriotas distintos em Paris e convivera nos primeiros dias em bailes, teatros, e jantares. Saciou-se prestes aquela contrafeita sofreguidão de vida, e logo uma súbita e glacial atonia lhe enegreceu os prazeres almejados de longe, como iniciação para outros que inteiramente lhe obliterassem da memória as dores passadas.

E, no termo de oito dias, uma consolação única lhe restava: era o antegosto de voltar à casa deserta de Ruivães, e esperar ali ao lado do jazigo de seus pais o breve termo de sua irremediável tristeza.

Afonso, porém, tinha vinte e quatro anos. A natureza contramina estas renunciações intempestivas. Uns repentes impensados sacodem a alma de sua modorra, e a sobre-excitam a desejos vagos, bem que efêmeros. A matéria não é um impassível envoltório de corações entorpecidos. É preciso que a vida sensitiva se amorteça antes da atividade moral para que as paixões malogradas vinguem o total quebranto do homem.

Entrou Afonso na sociedade, levado pela mão da esperança, que prometia guiá-lo ao pé da mulher salvadora. Mal encaminhado ia aos salões de Paris. Os conhecedores daquele "mundo" contaram-lhe as histórias de cada mulher, que tinha ares de poder salvar alguém: no geral eram criaturas que procuravam quem as salvasse das incertezas do futuro pelo casamento justificado e santificado com algumas centenas de milhares de francos. Estas eram as filhas dos generais do império, as filhas dos estadistas em começo de fortuna, as filhas dos gentis-homens cujos apelidos contavam sua antiguidade de Carlos Magno para além. E todas estas meninas, esperançadas em salvação e em requestra de salvadores, quando encaravam no vulto melancólico de Afonso de Teive, imaginavam-no um galante moço que, ao contemplá-las, dizia magoadamente entre si: "Se eu fosse rico!..." Elas, olhando-o de soslaio com discreta reserva, diziam: "Se tu fosses rico!..."

Quando Afonso tomou a peito retificar este juízo dos seus amigos, avizinhou-se das mais aureoladas do azul-celeste da inocência, e averiguou que as mais singelas à vista eram as que menos a ponto falavam, em termos rigorosamente aritméticos, de fortunas deslumbrantes, de casamentos projetados. E, se ele, com a portuguesa e bendita poesia dos nossos amores de sala, aventurava algumas frases de idílio sobreposse, as ligeiríssimas criaturas ouviam-no distraídas, como, no teatro, ouviriam música de Donizetti, e encheriam de melodias a alma, enquanto assestavam o binóculo no filho do banqueiro.

Compreendeu logo Afonso de Teive que não servia à alta sociedade parisiense. Um forasteiro, que vai a Paris com trinta mil cruzados, e deixa na pátria uma quinta que valeria menos de metade daquela quantia improdutiva, deve contar que no caminho do hotel aos teatros e salas, aos festins e concertos, em menos de dois anos, com alguma parcimônia nas despesas, se lhe hão de escoar as últimas mealhas. Os haveres de Afonso, postos à disposição da filha do marechal do império ou do marquês decaído com os Bourbons, dariam uma dezena de toaletes da esposa. Esta dura verdade calou-lhe no ânimo, afastando-o do concurso de mancebos, que malbaratavam cada mês fortuna sobre-excedente à dele. Penoso desengano às portas do grande mundo onde ele tencionara retemperar o coração ao bafejo das primeiras mulheres da época, e da França. Tinha, portanto, que descer às inferiores camadas, abaixo mesmo da média. Nesta mais difícil lhe seria o escolher um rosto distinto e uma alma no estado da inocência do anjo; trancava-lhe as portas a cobiça que lá vai dentro, incitando-as a elevarem-se até emparelharem com as invejadas mulheres da classe alta. Ele, cuja razão se alumiara à luz do facho do universo, à luz de Paris, viu-se qual era, correu-se da sua comparativa pobreza, e refugiu dos bailes, das ceias, e dos concursos em que o seu pecúlio se ia desnervando à custa de sangrias inevitáveis.

Madrugou, um dia, Afonso de Teive, ambicioso de riqueza. Nesta hora, e pelo tempo fora de oito meses, fez-se em seu coração um quietismo espantoso! Descuidou-se do esmero de trajar; era-lhe já como indiferente o reparo da mulher. Vendeu o tílburi e o cavalo. Mudou para hotel menos dispendioso. Traçou plano de batalha à fortuna, e entrou no jogo de fundos, onde os felizes, a um relanço de olhos da boa fada, acumulavam enormes cabedais, fato demonstrado por milhares de exemplos.

Foi feliz nos ensaios tímidos e, em pouco, prosperavam-lhe outros de maior risco. Cuidou-se bem-fadado para empresas maiores. Vieram as alternativas, equilibrando-se. Começou Afonso a estudar seriamente os mistérios daquele jogo, com entusiasmo e absoluto menosprezo de tudo mais. Dizia-se ele: "refaça-se a fortuna, que depois se reconstruirá o coração. Dinheiro, muito dinheiro, para comprar uma alma pura em Paris, onde a raridade tornou caríssimo o gênero!"

Soçobrado por um revés, perde metade do seu capital. Desanima, e esmorece em força moral. Vai a medo à barra do Potosi, e crê que está ali um abismo a tragar-lhe o restante, e depois a ele. Que fará empobrecido no extremo? Venderá a casa, a quinta, a capela, e o túmulo de sua mãe? Lembra-lhe a mãe, e invoca a alma santa a coadjuvá-lo na empresa imoral. A santa infunde-lhe uma insuperável desanimação diante do perigo. Associa-se a jogadores felizes. Balanceia-lhe a fortuna entre pequenos desastres e pequenos lucros. Ao fim de oito meses, a sociedade quebra, e Afonso de Teive tem de seu algumas libras, e cinquenta que o Tranqueira delicadamente lhe introduz na sua gaveta, os seus ordenados e economias de muitos anos.

O criado amigo, testemunha das lágrimas e das vertigens, ousa aconselhá-lo que volte para Ruivães, e se restaure limitando-se ao rendimento de sua casa. Afonso enfurecia-se contra o criado, exclamando: "Sabes o que é a minha casa de Ruivães? – São quarenta carros de pão cada ano." "E vinte pipas de vinho, e uma de azeite", ajuntou o criado. "Que vale tudo isso?", perguntou Afonso. O Tranqueira fez a conta pelos dedos, e respondeu: "Feitas as despesas do granjeio, vale seiscentos mil réis." "E hei de eu viver com seiscentos mil réis por ano!", exclamou Afonso. "Eu, habituado ao luxo, com vinte e cinco anos, com precisão de aturdir a minha existência nos prazeres, que só a muito dinheiro se encontram em toda a parte do mundo!" O criado encolheu os ombros, e disse entre si: "Valha-nos a alma de minha santa ama e senhora!"

Medita Afonso vender o resto do seu patrimônio; e para logo lhe ocorrem estas palavras da última carta de sua mãe moribunda:

> Dos desbarates e perdimentos dos teus haveres, faz muito por salvar ao menos esta casa onde nasceste, e a quinta que te dará abundante pão na velhice, se Deus ta der, como tempo de merecer o céu. Aqui nasceu teu pai, e muitas gerações de santas e honradas pessoas. Salva esta casa, que tens nela sepultura de teus pais e avós.

Desfalece-lhe a sacrílega coragem de negar a sua mãe o derradeiro pedido. Mas a necessidade atroz obriga-o a desviar os olhos dum túmulo para enxergar não longe a indigência em Paris, a indigência relativa com as galas do passado.

Estas agonias são as supremas de sua vida. Palmira, a memória da mulher fatal, nem por sonhos o perturba. Aparelham-se afrontamentos maiores. A vergonha de pobre mostra-se-lhe mais aviltante que a vergonha de atraiçoado. Pensa, sonha, contorce-se, alenta-se, desmaia, recobra-se, sempre a cismar na reabilitação pelo ouro, na reparação do seu capital; porém, de que modo, sem capital nenhum?... Salvadora ideia!...

Escreve ao tio Fernão deste teor:

> Perdi-me, perdi o que trouxe de Portugal, estou pobre. Eis-me mais castigado que o padecente dos pardieiros das Taipas. Ele refugiou-se aos quarenta anos, ainda rico do mundo. Eu tenho vinte e cinco anos, a honra perdida, a reabilitação impossível, aptidão para nada, o espírito derrancado no gozo de infames delícias; e, para sustentar esta vida corroída de lepra, resta-me a quinta de Ruivães. Eu sei que a fome não iria lá bater-me às portas, sei que ainda tenho de meu o talher na sua mesa, meu tio, mas Afonso de Teive antes de estender a mão à piedade mesmo dos seus há de esconder a sua ignomí-

nia num destes cômoros de terra, onde os sepultados não têm nome. Minha mãe pediu-me que não vendesse a casa onde está o jazigo de meus avós. Os meus avós são os do meu tio Fernão de Teive. Aqui venho eu oferecer-lhe a minha quinta. Compre-ma, meu tio, que a vontade de minha mãe está cumprida. Lá fica Mafalda, o anjo, para ajoelhar diante daquelas lápides sagradas. Compre-ma, senão eu, de mãos postas, pedirei a minha mãe que perdoe ao réprobo, que lhe vendeu os ossos, na véspera do dia da fome. Seu sobrinho, *Afonso.*

Fernão, lida a carta, em presença de Mafalda, abriu os braços à filha, que parecia finar-se neles. Das ânsias e lágrimas saiu ela com uns gritos aflitíssimos, pedindo ao pai que valesse a Afonso, sem demora. Fernão, carecedor de ser consolado da desgraça do sobrinho, tinha de aquietar o alvoroço da filha, prometendo e cumprindo logo tudo que fosse da vontade dela, que era também um dever dele a cumprir já com o parente, já com a memória de sua irmã. Foi instantâneo o contentamento de Mafalda.

– E depois? – exclamou ela. – E depois, meu pai, em se lhe acabando o dinheiro da quinta, quem lhe acudirá?

– Nós – respondeu de alegre aspecto o pai.

– Nós? – tornou ela entre alegre e amargurada. – Mas não vê o que ele diz?...

– Que diz ele, criança, que diz ele? Lê-me tu o que ele diz...

– Olhe, meu pai... "*Afonso de Teive antes de estender a mão à piedade mesmo dos seus há de esconder a sua ignomínia num destes cômoros de terra onde os sepultados não têm nome.*" O meu pai entende isto muito bem...

– Entendo: mas não me assusto. A gente há de pensar; primeiro, o essencial, é mandar-lhe o dinheiro, e dizer-lhe que os túmulos de Ruivães, e as casas, e as terras são dele, como até aqui.

– E aceitará? – replicou Mafalda. – Tomará a dádiva como esmola?

– O mulher! – retorquiu o velho –, tu estás uma argumentadora dos meus pecados!... E o mais é que lembras com juízo essa espécie!... O doido é capaz de rejeitar, se eu dou dinheiro e quinta! Pois bem: diga-se-lhe que eu compro a quinta, e mande-se-lhe os quinze mil cruzados, que é o valor da coisa. Vou amanhã ao Porto! O dinheiro está aí. Fico sendo o proprietário de três quintas de Afonso. Cá te ficam, menina. Tu, depois, a teimares no propósito de morrer solteira, dá-lhas, se ele viver. Que mais quer a minha filha?

Mafalda ajoelhou a beijar-lhe as mãos. Ergueu-a o pai com muita ternura, enxugou-lhe as lágrimas no lenço em que embebia as dele, e disse, sofreando os soluços:

– Que esperas tu deste rapaz, Mafalda? Quando virá Deus em auxílio desse tão fraco e desventurado coração? Filha... estima-o; mas não o ames assim com esse amor que te devora a mocidade! Que vinte e quatro anos os teus tão desconsolados e estranhos às menores alegrias da tua idade!... E tu não cais em ti, filha, não vês que Afonso está cada vez mais longe de te avaliar!

– Sei, meu pai – respondeu Mafalda com serenidade.

– E então?... sabes, e não te vences...

– Não posso vencer-me. Deus sabe que lhe tenho pedido auxílio, e nem assim... – As lágrimas saltaram-lhe novamente, e logo os arquejos do peito, ansioso de ar.

– Pois bem, meu amor – tornou o pai, duplicando as meiguices –, eu absolvo a tua fraqueza, já que o Altíssimo te não fortalece. Quem sabe, filha, quem sabe os segredos do porvir? Há milagres mais assombrosos. Pode ser que ele ainda venha para ti com o coração purificado, e o tributo da mocidade avaramente pago. Mais bom marido será então. Que te diz lá no íntimo a voz do teu anjo? Serei profeta, minha filha, serei?

Mafalda sorriu-se, e murmurou:

– E não podia ser assim, meu pai?! Às vezes, sonho-o; tenho horas em que me julgo louca, no meu contentamento sem causa, sem esperança!... Três cartas recebi dele em oito meses, e que frias expressões! Quando eu o considerava esquecido, por amor daquela criatura, é que ele me escrevia mais amorável; agora, que é livre, e de mais a mais infeliz, parece que nem sequer me estima! E ainda assim, meu pai, eu tenho presságios, em meu coração, alegres como a sua profecia.

– Pois então pede a Deus que me dê vida para que eu os veja realizados... mas, filha, a realização da profecia, se vier, já me não achará vivo...

21

Decorridos seis meses, Fernão de Teive, perigosamente enfermo e desenganado, dialogava assim com sua filha, ajoelhada sobre o estrado do leito, com a face inclinada aos lábios requeimados dele:

– Bem to disse eu, menina. A realização da profecia, se vier, encontra-me sem vida.

– Não há de morrer, meu pai – clamou Mafalda beijando-lhe a fronte.

– Não peças a Deus isso, que os meus padecimentos são incomportáveis... Verdade é que te deixo quase sozinha; mas aí estão teus tios de Barcelos que te levarão para a sua companhia enquanto não puderes voltar à casa onde morre teu pai. Não chores assim que me afliges, Mafalda... Triste coisa que um moribundo não possa falar aos seus com a presença de espírito dos que esperam viver muito... E, afinal, Deus sabe quem vive e quem morre!... Pois então, menina, que tem que conversemos placidamente...?! Bem... esse ar de conformidade está bem ao rosto angélico de minha filha... Falemos no nosso Afonso... Inventa lá tu um meio de lhe mandar recursos. Se é verdade o que soubemos por via do tio desembargador, o rapaz está mal. O jogo dos fundos arruinou-o segunda vez, ou reduziu-o a muito pouco...

– Mas as últimas cartas – atalhou Mafalda – não falam em negócios...

– Pois isso é que mais me persuade da informação do tio de Lisboa. Se Afonso prosperasse, dizia-o; ele, que se cala, é que está desgraçado.

– Oh! meu Deus! – exclamou a filha. – Diz bem, meu pai, Afonso está desgraçado... Não o confessa para que lhe não mandem alguma esmola os parentes.

– Isso mesmo; e por isso mesmo pensemos em remediá-lo com todo o melindre. Não te ocorre nada, filha?

– Manda-se-lhe o dinheiro, peço-lhe eu muito que o aceite... ele há de condoer-se das minhas palavras...

– Não gosto desse meio: desaprovo a invenção. Aí vem padre Joaquim dar-nos aviso.

Padre Joaquim era um modelo de padres, capelão da casa, havia trinta e cinco anos; padre que se me ia fugindo deste romance por um cabelinho: o que seria novidade nos meus livros. Quando eu puder arquitetar uma novela sem padre, hei de chamar-me romancista puxado de imaginação. O mestre dos escritores floridos, Almeida Garrett, segundo disse e provou, tinha o vezo dos frades. Ele, e eu, cá muito no coice processional dos seus discípulos, havemos de fazer amar os frades e os padres, pelo menos os padres-capelães bem procedidos e venerandos como padre Joaquim, capelão da casa de Fonte Boa.

Explicou Mafalda ao padre o motivo a cujo respeito se lhe pedia aviso.

O clérigo tomou rapé, refletiu, consolidou o seu raciocínio com outra pitada, e disse:

– A minha opinião é que a senhora D. Mafalda case com o Sr. Afonso.

Fernão, fraco do peito para rir, tossiu uns frouxos de riso que desconcertaram a gravidade do reverendo. Mafalda fitou os olhos em seu pai, receando que o esforço o estivesse mortificando.

Padre Joaquim, voltando-se à menina, disse no tom de quem dá satisfação:

– Dar-se-á o caso que eu dissesse algum despropósito?... Parecia-me que sendo os dois contraentes primos em primeiro grau, obtida a devida dispensa, nada mais acertado para o fim de melhorar a situação apertada do Sr. Afonso...

– Não disse despropósito nenhum, padre Joaquim – acudiu Fernão de Teive. – Pelo contrário, aventou a mais moral e desejável das saídas nestes apertos. Mas o que nós queríamos era socorrê-lo sem que ninguém casasse.

– Parece-me isso justo e exequível. É mandar-lhe dinheiro por pessoa capaz – respondeu categoricamente o sacerdote.

Fernão, com prazenteiro rosto, acudiu:

– Quer o padre Joaquim ir a Paris? Não temos outra pessoa que o iguale em capacidade.

– Irei ao fim do mundo no serviço de Vossa Excelência.

– E se o primo Afonso – disse Mafalda – rejeitar o dinheiro?

– Se rejeitar o dinheiro, volto com ele para casa; sinal é que lhe não é preciso.

– Se o rejeitar por ser de condição independente, e tomar como esmola o favor do pai? – replicou Mafalda.

– Nesse caso cito-lhe os meus autores nas matérias vaidade, soberba e orgulho; e hei de convencê-lo a aceitar o dinheiro.

– Vai o padre a Paris – disse Fernão. – Amanhã parte para o Porto: lá o dirigirão. Prepara tu, Mafalda, a bagagem do senhor padre Joaquim. Tira o necessário para o meu enterro, e manda tudo mais que encontrares a Afonso.

– Enterro! – exclamou Mafalda, escondendo o rosto no seio do pai.

Ao escurecer recrudesceram os padecimentos de Fernão de Teive. Por volta da meia-noite, com toda a luz da razão e clareza de voz pediu os sacramentos, e conversou até às duas horas. Ao amanhecer dormiu um sono quieto e acordou aflito. Pediu a extrema-unção, e respondeu durante a cerimônia as palavras rituais em irrepreensível latim. Depois, chamou a filha, beijou-a e deu-lhe a beijar o crucifixo, que tinha entre mãos, reclinou-se para o ombro dela dizendo:

– Sobre este ombro expirou minha irmã... Se alguma vez vires o filho da santa mulher dá-lhe um abraço... e tu, filha... adeus até ao céu.

Mafalda rompeu em altos clamores. Fez-lhe o pai um gesto de silêncio com os olhos.

Foi este o derradeiro gesto daqueles olhos, fitos já na aurora da eternidade, e fechados para sempre sob os lábios de sua filha.

22

Eram atrozmente verdadeiras as informações comunicadas pelo Desembargador Figueiroa sobre a desfortuna de Afonso de Teive em Paris.

Os quinze mil cruzados, produto suposto da quinta de Ruivães, engoliu-os a voragem do jogo de fundos, à qual o alucinado moço se atirou às cegas, contando com a vicissitude favorável, por ter sido infeliz nas outras.

Resolveu matar-se. Esta deliberação contrabalançou as agonias da pobreza desesperada. – Como via a morte no leve movimento dum gatilho, deixou de encarar o futuro. Que lhe importava morrer pobre?! Encheu-se de coragem e deu graças a Deus pela fortaleza que lhe dava. Juntou os objetos de ouro e pedras que reservara para aquela hora premeditada. Chamou o criado, e disse-lhe:

– Vende isso que aí está. Creio que o valor dessas coisas bastará ao pagamento do que te devo em dinheiro e soldadas: se algum resto houver a maior leva-o para te passares à tua terra.

– E o fidalgo onde fica?! – perguntou o Tranqueira.

– Aqui! – disse Afonso.

– Pois também eu, patrão! Já agora, tenha paciência; gastei a mocidade em sua casa; a velhice por cá a levarei nesta endiabrada terra, como Deus for servido. Guarde lá o fidalgo as suas coisas, que eu não as quero, nem lhe pedi nada. Para eu viver, basta-me uma carroça e um cavalo estropeado. Arranje Vossa Excelência a sua vida, que eu cá me irei arranjando.

– Cumpre as minhas ordens, Tranqueira! – replicou Afonso com fingida severidade.

– Perdoará, Sr. Afonso... – volveu o criado. – É a primeira vez que lhe desobedeço. Eu não recebo nada enquanto o não vir com outro arranjo de vida.

– Faz o que quiseres... – redarguiu o moço, embolsando a punhados os objetos que oferecera ao criado, na intenção de sair para vendê-los.

Tranqueira desconfiou do intento suicida do amo. Apenas esta suspeita lhe saltou de repente ao ânimo, atravessou-se à porta do quarto, exclamando:

– O fidalgo não é homem, por mais que me digam! Há Deus ou não há Deus?! Então sua mãezinha esteve a criar um menino na lei de Cristo, para Vossa Excelência dar esta saída! Pensa que eu não sei o que lá tem na cabeça? O Sr. Afonso quer dar cabo de si... Pois, ande lá por onde quiser, que eu nem de dia nem de noite o largo mais... Matar-se, por falta de dinheiro, um moço de vinte e cinco anos, que sabe ler e escrever, e em boa saúde! Isso não o faz homem nenhum no seu juízo! Quem precisa, trabalha: se não é nisto é naquilo. E os que perdem tudo o que têm num fogo, ou no mar, matam-se? Ora, Sr. Afonso, eu dos anos que tenho ainda não topei homem tão desanimado!... Valha-o a alminha da senhora D. Eulália! Quer o fidalgo uma coisa? Eu vou vender algum desse ouro que aí tem, e vamos para Portugal. Seu tio desembargador mostra que é seu amigo, e o Sr. Fernão de Fonte Boa morreu sempre por Vossa Excelência. Não se lhe pede dinheiro nem coisa que o valha: pede-se-lhe que o arranjem em algum emprego limpo. Trabalhar não é vergonha, é honra, fidalgo!... Que me diz? Que responde ao velho Tranqueira que o trouxe ao colo, e aqui está de joelhos aos seus pés?

E abraçou-se-lhe aos joelhos, com os olhos inflamados de lágrimas.

Afonso levantou-o nos braços trementes de grata comoção, e disse-lhe com transporte:

– Trabalharei, meu amigo, trabalharei... Descansa, que eu não me mato... a desgraça me irá matando.

Com referência àquelas chãs e firmes expressões do servo rústico me disse Afonso:

"Eu tinha lido na véspera daquele dia uns livros de insinuante moral, e consolação a desvalidos, pedindo-lhes crença que me esteasse na desesperada crise de homem, sem nenhum escape na cerrada negridão de sua vida. Doutrinas e exemplos de evangélica unção, fatos tormentosíssimos de angústia e admiráveis de conformidade, desde Jó até ao maior homem do mundo na rocha de Santa Helena, nada me impressionara, nada me demovera do suicídio. Vi uma réstia de luz instantânea refletida no rosto de Mafalda! Pensei que era o anjo da santa melancolia a despedir-se do precito, que o repelira. Ainda o apego à existência, exprimindo-se nas frases positivas dela, me quis mostrar a felicidade possível no casamento com minha prima. Afastei com tédio de mim próprio este impudor de alma envilecida pela desgraça. O homem rico não reconhecera a virtude de Mafalda, senão para admirá-la; o homem desvalido havia de ir depois pedir à virtuosa que o aceitasse como marido!... Tive medo que outra vez me acometesse o pensamento vil. Dei-me então pressa em abreviar o termo da luta! Depois disto, como é possível que as rudes palavras dum criado me abalassem desde a profundeza de minhas convicções acerca da coragem do homem que se mata? Como logrou ele o que os livros consoladores não vingaram, nem os estímulos indecorosos a um casamento rico? Foram aquelas palavras: *quem precisa, trabalha*, ditas pelo homem que as tirara da sua consciência, como se elas descessem do céu, naquele momento, para me serem ditas, não pela página dum livro, mas pela boca de quem as dizia, chorando."

Afonso de Teive, com mais coragem do que a necessária para o suicídio, dirigiu-se a uma casa de comércio de judeus de procedência portuguesa, residentes em Paris. Conhecera Afonso um mancebo desta família no concurso das pessoas bem qualificadas. Procurou-o e contou-lhe o seu estado, oferecendo-se a trabalhar no escritório, segundo sua aptidão. Os comerciantes aceitaram-no como terceiro-ajudante de guarda-livros com ordenado de dois mil francos.

Vendeu Afonso as suas joias, e alugou uma mansarda, que mobilou, consoante a escolha de Tranqueira, pobre e limpamente. O criado comprou um cavalo, a que ele chamava um milagre, e uma carroça, com que trabalhava de carrejão, nas horas ocupadas do amo. Às horas convencionadas, o Tranqueira ia buscar em marmitas um jantar econômico para ambos, todavia asseado e abundante. Afonso passava em casa as noites, estudando a língua inglesa para poder adiantar-se na sua carreira, até merecer os seis mil francos de primeiro-adjunto ao guarda-livros.

Se era feliz assim?

Oh! não: nem tudo que é honroso se há de crer que seja felicidade. A degenerada natureza do homem quadra violentamente com as mudanças assim abruptas, com as quedas de tão alto! O magnificente amante de Palmira, o moço blandiciado nas salas do seu palácio do Campo Grande, reclinado por sobre coxins de seda, inventando regalias com que desanojar a sua ociosa saciedade, certamente não podia escrever odes à fortuna amiga, quando saía de escrever cifrões no escritório mercantil. O reportar-se também não é ser feliz; é, no máximo das vezes, um martírio consecutivo de triunfos obscuros; porém, martírio sempre!

E, depois, Afonso entrava futuro dentro, fantasiando mudanças, quimeras, paradoxos, que o volvessem a uma felicidade, que ele bem nem mal sabia definir, ou estremar do que vulgarmente se diz que ela é. Destas vãs e ardentes consultas ao porvir, voltava o moço ao refrigério do trabalho, e assim o tempo ia derivando, branqueando-lhe os cabelos, e quebrando-lhe os espíritos.

Em Lisboa era sabida a situação de Afonso de Teive, não que ele a contasse. Escrevia ao tio Fernão raramente, sem de leve tocar em negócios. Respondia às cartas de algum raro amigo que o julgava ainda em circunstâncias de lhe não pedir empréstimo para se resgatar de Clichy.

Neste tempo recebeu ele novas de Palmira, não solicitadas. Dava-lhas assim um dos seus comensais de Lisboa:

> ...A mulher surgiu aqui, vinda não sei de onde, pompeando com tanto esplendor e mais estupidez que no teu tempo, ou, melhor direi, no teu reinado.
>
> Vi-a em São Carlos, ontem, sozinha na frisa. Disseram-me, porém, que lá, no recôncavo do camarote, estava um homem gordo, de tez bronzeada e vista de suíno. Dizem que é brasileiro do Minho, outros diziam que o marido envergonhado. O D. José de Noronha, desde o banho da cisterna, nunca mais se endireitou do espinhaço, e vai a tísico irremissivelmente. Não há memória duma catástrofe assim nos fastos dos lovelaces patifes deste nosso quintal do tio Lopes. O D. Antônio de Mascarenhas assevera-me que Palmira nunca mais teve uma palavra de consolação para o derreado amante. O teu criado matou estes amores com tamanha ignomínia, que já não há ninguém que queira amar mulher em casa onde haja cisterna... Irei dizendo o que souber da Lais minhota...

Afonso leu glacialmente a carta, e não respondeu ao noticiador.

– Que sentimento fez em ti essa nova? – perguntei eu.

Afonso encolheu os ombros e disse:

– O sentimento da piedade. Não podia ser amor, porque não há infâmia de alma que desça até aí. Ódio também não, que o ódio quer vingança, e eu dava-me já por vingado da mulher a resvalar, no plano inclinado, não sei até que ordem de abismos. Era piedade que eu sentia, e tanta que, se me viessem dizer que Palmira, dentro de um ano, perdera a formosura, que vendia, e os bens, que herdara, e se desgraçara até à extremidade de pedir o pão de cada dia, eu faria do meu pão dois quinhões, e um mandar-lho-ia sem insulto nem palavra recordadora do passado.

Esta foi a resposta de Afonso de Teive. Eu acreditei, porque tinha visto o mundo, e não há nada que não acredite.

23

No escritório comercial, onde o meu amigo trabalhava, chegou, ao fim da tarde do dia 15 de julho de 1853, um empregado da Embaixada indagando a residência do português Afonso de Teive.

Saiu com o esclarecimento em demanda de outro português, que se apresentara ao ministro, com importantes recomendações de Lisboa. A nota da residência era *Rua Vivienne, 104, 5º andar, lado esquerdo;* quem a recebeu da mão do encarregado foi uma senhora, que a passou logo a um sujeito de cabelos brancos, trajado de sacerdote.

O leitor não se deixa surpreender mais tarde: já se sabe que a senhora é Mafalda, e o sacerdote é o capelão padre Joaquim de São Miguel.

Padre Joaquim entrou num fiacre com o guia posto à sua ordem pelo ministro português. Apearam ao portão do prédio; perguntaram ao porteiro se o morador do quinto andar, lado esquerdo, estava em casa. Saiu do interior da loja, residência do porteiro, o criado de Afonso, o qual, reconhecendo padre Joaquim, se lançou a ele de modo que o ia afogando ao primeiro abraço.

– Ainda vives, Tranqueira? – exclamou o clérigo. – E sempre com o pequenito de Ruivães!?:.

– Até à morte, senhor padre-mestre!... Pois por aqui? Vossa Senhoria por estas terras?... Que é feito do Sr. Fernão? e da fidalguinha?

– Leva-me lá acima, homem, que pelos modos temos que marinhar – atalhou o padre.

– Ponha-se aqui às minhas costas, que eu levo-o lá, senhor padre Joaquim! – disse o Tranqueira, ajeitando-se para ser cavalgado.

– Estás doido de alegria, velho! Deixa-me ir por meu pé. Vocês cá no país da civilização já andam uns às cavaleiras dos outros?... Olha lá... não avises teu amo. Quero ver se ele me conhece ainda.

Afonso estava escrevendo a seu tio Fernão de Teive, quando o padre entrou.

– Veja se se lembra, Sr. Afonso! – disse o capelão.

– Lembro! – clamou Afonso erguendo-se a abraçar o clérigo. – Vem de Fonte Boa? Que faz em Paris, padre Joaquim?

– Podemos ficar a sós? – perguntou o clérigo.

O Tranqueira saiu, e o guia, esclarecido em francês por Afonso, retirou-se.

– Eu estava a escrever a meu tio Fernão... – disse Afonso.

– No outro mundo somente se recebem orações, e não cartas – atalhou o padre.

– Morreu meu tio?! – exclamou o moço.

– Lá se foi com Deus aquele justo. Pouco antes de expirar deixou-lhe um abraço ao Sr. Afonso. A senhora D. Mafalda foi a depositária do abraço...

Afonso escondera o rosto nas mãos a soluçar.

– Ele merecia-lhe essa saudade – continuou o padre –, que era muito amigo de Vossa Excelência.

– Minha desgraçada prima! – exclamou Afonso –, que vida vai ser a dela naquela solidão, sem pai, sem uma alma que a estremeça!...

– Sua prima não está em casa... Está em Paris.

– Como? em Paris!... Onde está Mafalda?!

– Na hospedaria esperando que vamos. Não se demore.

Afonso desceu a trancos as precipitosas escadas, sem dar tino de que o padre as descia apalpando com a bengala, muito de espaço, exclamando:

– Sempre será bom que pare lá no fundo para me apanhar, se eu for de rolo, ó Sr. Afonso.

A ansiedade do moço confundia as perguntas aceleradas de modo que o padre, no trânsito do fiacre ao hotel de Mafalda, nem tempo teve de deliciar mais que três pitadas com o sorvo cromático do seu costume.

Direitamente deve ser Afonso quem nos descreva o encontro:

"– Entrei numa sala, a tempo que minha prima saía duma câmara contígua. Caminhamos um para o outro, lavados ambos em lágrimas. Ela fitou-me com um gesto de assombro, e disse:

"'Tens cabelos brancos, Afonso!... E és da minha idade!... Como a tua vida terá sido amarga...'

"E tu, Mafalda, tens a formosura que te deixei; preservou-te a inocência da tua santa vida!'

"'Vida de muitas dores, Afonso...', atalhou ela. 'Acabou-se-me tudo... Faltou-me o amparo de meu pai...' E encostou-se ao meu ombro, soluçando.

"Padre Joaquim acercou-se de nós limpando os olhos e disse:

"'É chorar de mais... eu cuidei que este encontro seria para alivio, e não para maiores penas. Basta, por agora, menina. Faltou-lhe o amparo de seu pai; mas o de Deus é que a ninguém faltou... A senhora D. Mafalda está aqui para se entender com seu primo sobre um passo muito do agrado do Altíssimo: mas eu peço perdão a Deus em a contradizer, e continuarei sempre a opor-me, porque...'

"Mafalda fez-lhe um sinal de silêncio com implorante suavidade e, voltando-se para mim com sereno aspecto, disse em termos balbuciantes que desmentiam a forçada compostura do rosto:

"'Meu primo, a vida para mim não promete contentamentos nenhuns. Faltou-me meu pai, e resolvi logo entrar num convento: mas a inatividade dos conventos pode ser que piorasse a minha tristeza. Ouvi dizer que está derramada pelo mundo uma grande família de mulheres devotadas ao remédio dos infelizes, por amor de Deus. São as Irmãs da Caridade. Resolvi entrar nesse instituto; meus pais abençoarão este modesto desejo de ser útil a alguém, empregando os anos de vida, que eu não sei nem posso consumir no desabrigo da casa onde nasci. Agora, meu Afonso, venho pedir-te que dirijas em Paris os meus passos para o conseguimento da minha entrada no instituto, e ao mesmo tempo rogar-te encarecidamente, e em nome de tua santa mãe, que aceites as três quintas que vendeste, e de que teu bom tio era possuidor quando morreu. Na intenção de tas restituir foi que ele as comprou. Eu cumpro a sua vontade, esperando que tu obedeças à vontade de meu pai. Aceita o que teu era, meu querido Afonso, meu bom irmão; aceita que é meu pai e tua mãe que to pedem, e eu também com as mãos erguidas.'

"Mafalda cessou de falar, cortada a voz de soluços. Eu ajoelhei diante dela, beijando-lhe as mãos, sem poder articular palavra. E ela, abraçando-me pelo pescoço, exclamou com a meiguice infantil dos nossos afetuosos abraços dos dez anos:

"'Tu fazes a vontade à tua Mafalda, não fazes, Afonso? Posso agradecer a Deus a esmola de consolação que me dás?'

"'Pode!, exclamou padre Joaquim. 'Pode, que o Sr. Afonso não há de desobedecer à vontade de seu tio! Vamos!, a fidalga ainda não deu o abraço que o Sr. Fernão de Teive deixou ao filho de sua santa irmã.'

"Abraçou-me Mafalda. E eu apertei-a ao seio com arrebatamento, e senti a sua face nos meus lábios.

"'Agora, falo eu', disse o clérigo. 'O instituto das Irmãs da Caridade é um santo instituto, nenhuma dúvida lhe ponho, pelo que tenho ouvido contar dos heroísmos de caridade que as servas de São Vicente de Paulo praticam. Assim é; mas a conquista do céu consegue-se com a virtude e a virtude é uma em toda a parte, e em todas as situações. As Irmãs da Caridade são benquistas do Senhor, mas muitas almas elege o Senhor, sem as submeter à prova dos sacrifícios e abnegação do santo instituto do servo de Deus. A senhora D. Eulália, que Deus tem, era uma virtuosa, e piamente creio que santa senhora. Pois a sua vida de esposa e mãe não lhe tolheu que alcançasse o Paraíso com muitas obras boas que fez, sem as andar derramando pelo mundo. A mãe da senhora D. Mafalda foi outra senhora casada e muito amante de seu esposo; pois se a virtude é a profecia infalível da bem-aventurança, as duas virtuosas senhoras lá estão com Deus. E agora lhes direi eu o que as santas pedem ao Senhor, vendo assim os seus filhos, a ouvirem o pobre padre pregar sem encomenda do sermão. Eu lhes digo que elas estão pedindo a Deus que os case, que os encha de bênçãos e de filhos. Vamos!, eu também levanto as minhas mãos fazendo os mesmos rogos ao Senhor! Meu Deus!, permiti que a minha voz se junte à das santas que vos pedem a felicidade destes dois filhos! Permiti que eu os veja ditosos, e que estas lágrimas de velho mas enxuguem eles com a sua alegria!'

"Quando o sacerdote, majestoso pela sua postura, se voltou para nós, latejava o meu coração na face de Mafalda; e eu, inclinado sobre o rosto pálido da virgem, murmurava estas palavras:

"'Sim, sim, meu Deus, ouvi as preces de nossas mães!'

"Padre Joaquim de São Miguel aproximou-se de nós, e disse com jovial aspecto:

"'Eu não quero estar em Paris muito tempo, meninos. Vamos embora, cuidar da dispensa, que leva algum tempo. Temos lá o outono do Minho à nossa espera. Diga a fidalga o que determina.'

"Mafalda olhou para mim com o sorriso de santa, que um escultor fantasiasse na contemplação e audição dos anjos e harmonias do céu. O padre acudiu logo, exclamando alegremente:

"'O noivo é quem decide! Sr. Afonso, quando partimos desta barafunda de Paris, que me põe os miolos a arder?...'

"'Amanhã!', respondi eu.

"'Amanhã!', exclamou Mafalda. 'Pois sim, meu Afonso, amanhã... Temos lá as nossas árvores... a nossa infância...'

"'A nossa felicidade sem fim...' atalhei eu."

Conclusão

Entreluzia a manhã pelos resquícios e fendas das janelas do nosso quarto na estalagem da Sra. Joaninha de Guimarães.

Afonso de Teive disse:

– É dia: vou concluir...

– Não é necessário – atalhei –, o restante sei eu.

– Mas não me prives por isso de ser eu o narrador da minha bem-aventurança. Aquela mulher que eu te apresentei, negligentemente vestida, e amarrotada dos braços dos seus oito filhos, é minha prima Mafalda, a esposa da minha alma, a salvadora do meu coração, os olhos que me veem pelos da minha mãe, a consciência da minha consciência, a retentora das minhas alegrias infantis, a mãe dos meus oito anjos, que minha santa mãe me enviou do céu.

"Há dez anos que vejo amanhecer os meus dias como as aves, cantando o Senhor, e adorando-o como os cenobitas.

"Minha mulher, ao abrir-me os tesouros da sua alma, revelou-me também os tesouros da fé, as delícias da religião, e a taça inexaurível dos sabores da caridade.

"Mafalda desaparece-me às vezes com os filhos mais velhos: eu vou procurá-la fora de casa com os mais novos nos braços, e descubro a piedosa valedora no cardenho de algum jornaleiro, à cabeceira das palhas nuas do enfermo, ao qual ela foi levar a cobertura e o alimento. Outras vezes são os meus filhos que levam o seu fatinho velho às crianças que estalejam de frio sobre o lajedo duma cozinha sem lume.

"Se alguma hora falei como marido austero a minha mulher, a doce criatura respondeu-me com um sorriso; os meus queixumes são sempre causados pela pertinácia de ela entender no governo da casa com zelo convizinho da mortificação. Mafalda é rica; mas tem uma máxima indestrutível: 'poupar para os pobres'.

"Há dez anos que vivo em Ruivães. Neste longo espaço, apenas tenho acompanhado minha mulher a observar a cultura das suas quintas, que ela teima em chamar minhas. Mafalda tem vagas ideias do que é um baile, e eu pude esquecer as ideias que tinha. Dizem que a convivência de anos entre esposos, que muito se amam, traz consigo de seu natural uns silêncios significativos do esfriamento das almas. Eu não sei o que seja esse arrefecer. O céu e a terra estão continuamente abertos ante meus olhos; de cada vez que os contemplo, a cada alvorecer, e fim da tarde, os maravilhosos poemas dão-me sempre a ler uma página nova, e Mafalda traduz mais pronta que eu os hieroglíficos da Divindade. Falamos de Deus e dos filhos; contemplamos o boi que nos encara soberbo; a avezinha gemente que pipila; a fonte que suspira, e a catadupa do ribeiro que ruge. A natureza é a terceira voz dos nossos colóquios, umas vezes amor, outras vezes ciência, e sempre admiração e perfumes ao Eterno, que nos encheu de delícias, e enflorou o caminho da velhice.

"Ecos do mundo nenhum chega ao nosso ermo. A mim, os homens que me viram, consideram-me morto uns, outros porventura me lastimam embrutecido entre os meus fraguedos. Tive cartas a que não respondi; fui procurado por ociosos, a quem recebi na minha sala de visitas, com uma cerimônia que os afugentou. Afligiam-me as testemunhas do meu vilipêndio, e temia que elas proferissem um nome, que soaria como blasfêmia no santuário de minha família.

"Aspei todos os vestígios que pudessem recordar Teodora. Entre os papéis de meu tio Fernão, numa gaveta secreta, encontrei o copiador das cartas dela. Minha mulher surpreendeu-me neste descobrimento, viu e compreendeu, sorriu-se, e disse: 'Meu pai nunca me deixou ver isto, bem que eu soubesse da existência deste livro. Triste sorte a desta senhora! Mal diria a mãe que tão virtuosamente a educou!' Únicas palavras que Mafalda proferiu com referência a Palmira!

"Aqui tens a minha vida, a vida dos dois homens que, na curta passagem de quarenta anos, tocaram as duas extremas do infortúnio pela desonra, e da felicidade pela virtude. Uma mulher me perdeu; outra mulher me salvou. A salvadora está ali naquele ermo, glorificando a herança que minha mãe lhe legou: o anjo desceu a tomar o lugar da santa: a um tempo se abriu o céu à padecente que subiu, e à redentora que baixou no raio da glória dela. A mulher de perdição não sei que destino teve."

– Pois ignoras o destino de Palmira? – interrompi eu, desconsolado como todo o romancista, que desadora invenções.

– Como queres tu que eu saiba o destino de Palmira?! – replicou Afonso de Teive. – Quem há de vir contar-me a Ruivães os desastres que lá vão no seio apodrentado da sociedade?!... Mas, se te rala a curiosidade de saber em que lamaçais a deves encontrar, lança a tua espionagem, diz alto e bom som, que a fama te confiou a tuba pregoeira dos escândalos, e não faltará quem te ilumine e esclareça. Do viver da mulher virtuosa é que baldadamente procurarás notícias; dá-se a virtude numa obscuridade, que chega a incomodar a atenção dos que a observam como coisa curiosa de ver-se.

– Pois não me despeço – redargui – de me ir por aí fora no encalço de Palmira, e mal dela se a não topo, que morrerá sem ler a sua biografia, desastre comum, mas imerecido, das mulheres da sua espécie. Quantos romances, e dramas, e cantatas aí pejam as livrarias sobre Ninon, e Marion, e Manon Lescaut? As Aspásias e Frineias tiveram por si os historiadores e os poetas gregos. Os Catulos e Ovídios eternizaram Lésbias e Corinas. Menos afrontadores da moral, os romancistas e poetas coevos nossos deificam as Gautieres, e fazem que as famílias honestas chorem por elas nas páginas dos livros e nas tábuas dos palcos. Palmira há de ter um livro, ou eu não escrevo mais nenhum depois do teu... Dá-me agora notícias do Tranqueira. Que é feito do Tranqueira?

– Está lá em casa a esta hora com um pequeno a cavalo em cada ombro, e outro enganchado na barriga. Tranqueira não é meu criado. Lá em casa os meus filhos conhecem-no pelo *amigo velho*. Tem o seu quarto no interior dos melhores aposentos. Chama-se ele a si feitor; mas o que ele feitoriza é o seu reumatismo, e vive a picar rolo de tabaco para cachimbar ao sol. Comprou um pinhal, e negocia em lenha e madeiras. Quando recebe algumas libras vai até Braga visitar uns parentes pobres, dá-lhes metade, e vem para casa carregado de frigideiras, que me estragam o estômago dos rapazes. Se algum dos meus caseiros o faz zangar nas contas, em que ele quer ser sempre ouvido, ou no granjeio das terras, de que ele não percebe nada, mas quer ser consultado sempre, costuma ele estirar os braços trêmulos, e dizer: "O que tu precisas é um banho de cisterna." Imagina o Tranqueira que a sua especial vocação é dar banhos de cisterna.

– E o padre Joaquim de São Miguel morreu?

– Tenho a satisfação de te dizer que o meu padre Joaquim está vivo e vivedouro. Não o viste lá em casa porque foi para o Alto Minho consoar com a família, tributo que ele pagou sempre; mas nunca vai que não se despeça a chorar, e nunca vem que nós o não recebamos com grande alvoroço de alegria. É o mestre dos meus pequenos; mas os travessos escondem-lhe a tabaqueira e os óculos de modo que as lições caem em pedra árida, e o padre já diz que considera perdidos dez anos de vida naquele ensino. Que mais queres saber?

– Se poderei dormir duas horas em tua casa – respondi eu.

– Vamos partir.

– E os teus meninos costumam deixar dormir a gente de dia? Vingarão eles em mim a falta do padre? Previne-me.

Partimos.

À distância de um oitavo de légua do paraíso restaurado do meu amigo, enxergamos D. Mafalda e os filhos, e o Tranqueira com dois ao colo, e outros dois pendurados das algibeiras da japona. Ao avistarem-nos, os rapazes irromperam numa grilharia bárbara, que repercutia nas quebradas dos outeiros.

– Cá vou preparando a cabeça de progenitor e ouvidos paternais – disse eu. – Seriam excelentes anjos aqueles pequerruchos, se tivessem laringes mais acomodadas ao aparelho auditivo do gênero humano!

– São os meus filhos! – exclamou Afonso. – É minha mulher! Ali tenho tudo, o capital, o juro, e a usura da felicidade que desbaratei. Ali me esperou minha mãe dois anos, e eu não voltei. Ainda assim, a virtuosa orou sempre. O jazigo estava fechado, o leito da santa vazio; mas o céu fora o mais alto ponto onde ela voara para ver de lá a minha perdição. Ali voltei salvo pelo amor. Achei ainda as flores que eram dela; das primeiras adornei os cabelos de minha mulher; das que me deu a primavera seguinte engrinaldei o berço do meu primeiro filho. Parece que em cada reflorescência vem minha mãe coroar o novo anjo, que minha mulher lhe oferece como a intercessora com o Altíssimo. Oh meu amigo!, de envolta com a felicidade, a religião! Sabes tu o que é ter um Deus que nos escuta, que nos reprova, que nos louva, que nos povoa o espaço onde a alma insaciável do homem encontra um vazio horrendo, uma respiração aflitiva! ....

Aproximamo-nos do formoso grupo. Apeei: fui cortejar a mulher do amor de salvação, e disse-lhe comovido, e creio mesmo que lagrimoso:

– Ao cabo de dez anos de felicidade não interrompida, minha senhora, chegou um homem a casa de Vossa Excelência com o funesto contágio da sua má estrela! Fui eu quem primeiro ousou usurpar-lhe a convivência de seu esposo por uma noite. Deus sabe se a saudosa prima de Afonso de Teive cerrou olhos nesta infinda noite de dezembro!...

– Também eu não! – atalhou Afonso sorrindo – também eu não!

– Não importa, minha senhora – tornei eu. – Seu marido velava; mas que saborosa vigília! Contou-me as suas desgraças para que eu pudesse cabalmente ajuizar da felicidade perene, que Vossa Excelência, depositária dos infinitos bens do Senhor, lhe preparou com santas lágrimas, e lhe está dando com santas alegrias. Eu cuidava que o contentamento de uma hora, neste mundo, era uma usurpação feita ao céu!... Agora sei que há sobre a terra um homem feliz há dez anos, feliz para uma longa existência. Este gozo, que nem contado pelos evangelistas eu acreditaria, sei agora que existe, abaixo do reino dos justos, entre os homens, no mundo de 1863, no *Amor de salvação*!

Mafalda abaixou levemente a cabeça com gracioso acanhamento, e disse:

– Não sou eu sozinha a felicitar meu primo: são as orações de nossas mães, e o amor angélico dos nossos filhinhos.

fim

EDIÇÕES
BestBolso

Este livro foi composto na tipologia Minion Pro Regular,
em corpo 10,5/13, e impresso em papel off-set 56g/m² no Sistema
Cameron da Divisão Gráfica da Distribuidora Record.